3
JN102615
レベル1から始まる
召喚無双
～俺だけ使える裏ダンジョンで、全ての転生者をぶっちぎる～
白石新
ILL. 夕薙
GCN文庫

「第六階梯
質量変換爆撃：
$E=mc^2$」

第六階梯召喚獣／天照大御神

「おお、久しぶりだな忍。
おい、酒の一杯くらいは呑めるだろう？」
同じくタキシード姿のクソ野郎に
勧められるが、首を左右に振った。
飯島(イイジマ) 忍(シノブ)
「いえ、結構ですよ今林さん」
「お前……俺の酒が
飲めないのか？」

急に空気が変わり、
ジロリと睨みつけられた。
「……じゃあ、一杯だけ頂きます」
ワイングラスを手渡され、
ほとんど飲まずに申し訳程度に
口はつけておく。
これから先が大勝負って時に、
まさか酔っぱらうわけにもいかない。
今林歩

CONTENTS

プロローグ　～アガルタと水鏡～　003
第一幕　妹の消息と港町アブラシル　008
第二幕　ドロップダンジョンとゴブリンキング　122
第三幕　義理の父との決着　230
エピローグ　～アガルタイベント開幕～　277

レベル1から始まる召喚無双
～俺だけ使える裏ダンジョンで、全ての転生者をぶっちぎる～ ③

著：白石新
イラスト：夕薙

GCN文庫

プロローグ　～アガルタと水鏡～

一面の白。

無限にも思えるほどに、延々と白色の地平が続いている。

地平線の境界すらも曖昧な空間の中、唯一白ではない存在……一人の男が椅子に座っていた。

銀色の髪の美しい顔立ちの青年だった。

パーカを羽織り、ジーンズ、そして眼帯という出で立ちの男は、テーブルのワイングラスに手をかける。

と、同時、彼の周囲に無数のウインドウが浮かび上がった。

ウインドウが映し出すモノ、それは現在のラヴィータの世界に住む日本人、つまりはプレイヤー達だ。

彼――水鏡達也（みかがみたつや）はぼんやりとその映像を眺めていた。

その瞳には、特に感情の色はない。

喩（たと）えるなら、道端で砂糖に群がるアリを見るそれに近いものだった。

「……欲望の赴くままに生きる者」

ウインドウに移るのはアガルタを攻略中の面々。

彼ら商業連合《憂国の獅子》の面々に顔を向け、水鏡はボソリとそう呟いた。

「こんな世界において、それでも人間性を強く保とうとする者」

冒険者ギルド《暁の旅団》を率いる女リーダーに視線を向け、水鏡はやはりボソリと呟く。

「そして――この世界の天秤の兄にして、特殊な立ち位置にいる男」

飯島忍に視線を向け、水鏡は感慨深げに頷いた。

「忍君……君はあくまでも自身の命と大切な仲間を守るために足掻くんだね」

そうして、水鏡は自嘲するような皮肉の交じった笑みを浮かべる。

「それぞれ実に人間らしい動機で動くプレイヤー達だが、彼らはまさか思いもしないだろう」

彼の自嘲、あるいは皮肉の笑み――。

それはかつての自身について向けられているものでもある。

水鏡達也は特別な人間として生まれてきた。

江戸時代まで遡れば徳川の流れを組み、転じて医師の家系にその名門の系譜は連なる。

それは優秀な遺伝子に優秀な遺伝子を掛け合わせて作られた、サラブレッドによく似る配合結果と言い換えても良い。

結果として、彼は生まれながらに知能、そして美貌にも運動神経にも恵まれた。

国立大学の医学部に現役で合格し、国体にも出場するという快挙は必然と言えただろう。

幼少の頃、彼は周囲の人間の無能が理解できなかったが、大人になるにつれて理解した。

つまりは、自分は特別であると。

だからこそ、自分は社会に恩を返さなければならないと。

ノブレス・オブリージュ。

フランス貴族社会において生まれた言葉であり、彼がその言葉を知る前から自然に身に付けた人生の指針だ。

権力の高い者は社会規範であるべきだという考え方である。

それが転じて現代では力ある者は、あるいは……恵まれた環境にあるものは社会の規範であるべきだということを指す言葉である。

彼の人生指針の通り、彼はこのラヴィータでも無益な人殺しはしていない。

ましてや欲望に任せて暴力を行使したことなど一度もない。

そんな行為は、エレガントではない。

彼の美学がそれを否定したからだ。

故に、クリアー条件とされる、脱出に必要なクランコインを集める際も彼の行動は特異なものとなった。

つまりは、彼は殺人鬼とかしたＰＫ（プレイヤーキラー）のみに的を絞り、ＰＫＫ（プレイヤーキラー・キラー）として活動した。

そうして、彼はこのゲームからの脱出条件を整えた。だが、蓋を開けて驚愕するととになる。つまりは――

――はは、さすがにそこまで読み切れない……そんなの滅茶苦茶じゃないかと。

最適効率の行動を、自身の信念に逆らわぬ形で、品格まで保ち華麗に彼は目的を完遂した。

しかし、そんな彼を待ち受けていたのは、一人の少女の言葉だった。

それはあまりにも無邪気で、そしてあまりにも無垢で、それが故にあまりにも正しかった。

ともあれ、水鏡達也の想定外の事態が起きた。

結果として、彼はラヴィータの世界へと舞い戻ることになったのだ。

ゲーム進行における公正を守る《執行者》として、そして彼女を補佐する《観察者》として。

あるいは——日本に残してきた恋人に再び会いたいと、そう思うただの一人の男として。

「しかし、悪趣味な話だ。このゲームの勝者の条件、それがあんなものだったとは……ね」

グラスを口に近づけ、コクリと喉を動かしワインを嚥下する。

「全くもって業腹なことだ」

ウインドウに映るプレイヤー、彼が見ているのは……つまりはピエロの群れだ。

それは一人の例外もなく、初手におけるボタンのかけ間違いを犯した者達の末路でもある。

そう、認識の根本を間違えている者は、決して狙って正解に辿り着くことはできないのだ。


——それはかつての水鏡と同じように。


そうして水鏡はテーブルの上に置かれた写真に目を落とした。

「兄と妹の邂逅……か。それはこの世界の時計の針を進めることになるのだろうか？」

はたして、そこには飯島忍の妹——恵によく似た異世界の少女の姿が映し出されていた。

「アガルタ……変革の時……か」

第一幕　妹の消息と港町アブラシル

サイド：飯島忍

冒険者ギルド総本部受付ロビー。

喧騒にぎわう酒場スペースの丸テーブルを挟んで、俺の対面に座るのは香織（かおり）さんだ。

恵によく似た少女の写真を指さしながら、彼女は口を開いた。

「で、どうするんだ忍君？」

写真の少女の名前はルナ＝スミス。

田舎町で育った彼女は魔法の才能をメキメキと上達させて、十四歳にして天才魔法使いとしてちょっとした有名人になったという。

新種のルーン文字を発明し、魔法陣の革命を起こしたのだ。

が、その文字が不味（まず）かった。

神聖魔法に使う魔法陣に、どう見ても日本語の「聖」にしか見えない文字を使用してしまったらしい。

そのことからプレイヤーの間で話題になっているのが現況だ。

「さすがにその状況なら、俺の妹と無関係ってセンは薄いと思いますね」

「忍君……やはり今林さんのところに乗り込むつもりか？」

「ええ、その予定です。妹に異常な執着を示していた今林なら、この子がどんな酷い目に遭うか分かりませんから」

今、この子はクソ野郎の本拠地である商業都市にいるという。

奴の目にこの子が触れれば……。

拉致監禁からの、酷い性的虐待がすぐに始まるのは明らかだ。

それに、この子は魔法学院に所属しているんだが、危険を感じたのか身を隠しているらしい。

現在、香織さんの情報網からは所在不明という結論になっている。

既に捕まっている可能性もある。だが、この子が恵と関係している可能性が高い以上、見過ごせない。

「今林さんとぶつかることになるかもしれないぞ？」

「いずれにしても今林とはカタをつけないといけないでしょうし、最悪はそれも想定内です」

「確かに……前回、今林さんが明確に敵対行動を起こしてきた以上、既にのっぴきならない状況ではある」

「まずは情報ですね。奴のお膝元に飛び込んでみようかと思います」

あのクソ野郎の顔が脳裏によぎる。

戸籍上は俺の義理の父となっている事実があまりにも忌々しい。

「と、それはそれとして――」

香織さんは立ち上がり、そのまま俺の横――丸椅子にゆっくりと腰を落とした。

ちなみに、逆側の隣の丸椅子にはガブリエルが座っている。

が、彼女はこれまで一言も発していない。

プレイヤー同士の重要な話ということで、敢えてだんまりを決め込んでいるのだろう。

それと、アリスとケルベロスは外で一緒に散歩をしているはずだ。

これもアリスが気を利かせて、席を外してくれたんだと思う。

「香織さん？　どうして隣に座るんです？」

「いや、この写真の女の子なのだがな」

「……恵に似た子がどうかしたんですか？」

「君に似て美形だと思いじっくりと見たくなってな。君の正面に写真を置いている関係上、さっきの位置からではちゃんと見えなかったんだよ」

「いや、でも、わざわざ隣に来る必要はなくないですか？」

　一言声をかけてから、写真を手に取るなりして眺めれば良い話だ。

　が、香織さんは俺の言葉を無視して、涼し気な微笑を浮かべた。

「しかし、本当に君によく似ているな。本当に……君と同じで美形だ」

「……」

　なんでわざわざ美形美形と連呼しているのだろう？

　まあ、兄馬鹿と言われるかもしれないが、恵は顔が整っているとは思う。

　けど、俺の容姿については至って普通のはずだ。

「ええと、反応に困りますが……ともかくありがとうございます」

「私は思うのだよ忍君」

　その言葉と共に、香織さんは丸椅子ごと俺に近寄ってきた。

　そもそもが、隣の席で近かった。そこから更に寄ってきている状況だ。結果、今にも肩と肩が触れ合いそうにまで近くなってしまった。

「近いですよ、香織さん」

「近くしているのだ」

　あっけらかんとそう言われてしまった。一体全体……何なんだこの人は？

　と、俺はどうにも反応に困ってしまう。

「思うことって何でしょうか？」

「この世界のプレイヤー……日本人は大体がまともな人間ではないのは知っているな？」

「そりゃあ、神にも等しき圧倒的な力を手に入れて数百年という話ですしね。たとえ元々善人でも、感覚がおかしくなるのは想像がつきます」

と、そこで香織さんは更に俺に身を寄せてきた。

いや、だから近いって……。ってか、香織さんって、まつ気滅茶苦茶長いんだな。

ってか、何だこの状況は？

肩は既にガッツリと触れてるし、下手したら香織さんの胸も……俺の上腕にくっつきそうな勢いだぞ。

「だが、君はまともなんだよ」

甘い吐息が鼻先を掠める。

すると、香織さんは自身の右手で、俺の左手の甲を握りこんできた。

つまりは、ギュッと手が握られてしまっているという状況になってしまったのだ。

「……あの……香織さん？」

「君だけが、この世界でまともな日本人の男だと言っても良い」

「……だから、反応に困るんですが？」

と、そこで香織さんは言葉を止めて、一呼吸置いてから、大きく息を吸い込みこう言った。

「この際はっきりさせておくが、私は年下が好みだ」

ジッと見据えられて、真顔でそう言われてしまった。

どの際なんだよと思うが、俺はただドギマギすることしかできない。

「ええとですね、香織さん……真面目に反応に困るんですが」

「そりゃあ、これだけ押されれば困惑もするだろう。逆の立場なら私だってそうなっていると思う」

「……そうですか」

「……そうなのだ」

「……」

「……」

さて、これはどういうことなのだろう？

からかわれているだけなんだろうか？　あるいは、微粒子ながらの可能性において本気でグイグイ来ているのか？

マジで反応に困るが、一つ確かなことがあるとすれば――。

香織さんはめちゃくちゃ美人だということだ。そこは俺の本音でもある。

っていうか、香織さんを救出してしばらくしてからかな？　ちょくちょくこういう感じのことはあるんだけど、今日は特に酷い。

「前にも言いましたが香織さん。冗談はダメですよ？」

「冗談？　私が冗談でやっていると思うのか？」

「成人済みの警察官が、高校生を相手にするのは不味いでしょう？」

からかわれているだけと思う理由の九割がたはココにある。

香織さんは警察官家系で、実際に正義感も強い。

だからこそ、この世界では珍しく理性のタガがぶっ飛ばずにいることができたわけだ。

そんな彼女が俺みたいな高校生相手にマジになるわけがない。

と、そこで香織さんは、俺の顔を両掌（てのひら）で優しく掴（つか）んできた。

まるで包み込むように……と、そんな感じで俺の両頬に香織さんの温もりが伝わってくる。

そして、あろうことか香織さんは俺に顔を近づけてきたのだ。

「ち、近いですよ！　マジで近いです！　これは……良くないです！」

なんせ、俺の目から十センチも離れていない。その場所に香織さんの目があるのだ。

鼻先と鼻先に至っては、何かの拍子でくっついてしまいそうな距離だ。

微（かす）かに甘い吐息と共に、これまた微かに甘い香水の香りが鼻腔（びこう）を満たしていく。

ガブリエルやツクヨミともまた違う、香織さん独特の香りだ。たまらず、俺はドギマギしてしまう。

「いいかい、忍君？」

「は、はい。何でしょうか？」

「高校を卒業すればオッケーだ。これは分かるな？」

「あ、それは分かります。でも、卒業してなかったら日本の法律的には不味いですよね？」

「いや、このくらいの接触なら卒業しなくてもオッケーのはずだ。そう……プラトニックなら法律上の問題はないのだよ」

ぐうの音も出ない正論だ。

いや、でもこれってマジで何なんだよ……。と、そこで助け船が入った。

「シノブ様！　ケルベロスさんのフリスビーが凄いんですよ！　褒めてあげてくださ い！」

そんなことを言いながら、ギルドの入口から入ってきたのはアリスだった。

ケルベロスについては、最近は子犬状態の時が多くて、アリスのペットみたいな感じになっている。

まあ、本来任務はアリスの護衛で、それは忠実にこなしているんだけれど。

と、それはともかく……助かった！

「そ、そうか！　それじゃあ俺もちょっとケルベロスの様子を見てみようかな！」

これ幸いとばかりに香織さんから離れる。

そうして、俺はそそくさとアリスに向けて歩を進めたのだった。

サイド：篠塚香織

アリスと共に出入口に向かう忍君の後ろ姿――。

その様子を眺めながら、私はガブリエルさんに問いかけた。

「ガブリエルさん、一つ質問があるのだが？」

「なんでございましょうか。香織さん」

「さすがに忍君は気づいているよな？」

何やら思案し、ガブリエルさんは首肯した。

「半信半疑というところでしょうか？　からかわれているという気持ちも強いという風に見受けられます」

「一応聞いておくが、普通だったら気づくよな？」

「ええ、ご職業と年齢の問題がなければ普通はそうかと思われます。それと、私からも香織さんに質問があるのですがよろしいでしょうか？」

「ああ、構わないぞ」

「見ているこちらが恥ずかしくなるくらいの、清々(すがすが)しい押し方でしたが……やっていて香織さんは恥ずかしくなかったのでしょうか？」

これでも私は女だ。

そう思った瞬間、先ほどの自身の行動を思い出して、頬が瞬時に染め上がっていく。

確かに、あまりにもはしたない行動だった。その自覚もある。

だが、私は恋愛経験が皆無なのだ。

そして、一本気な体育会系で育っている。

結論として、私はこのやり方しか知らないし、このやり方しかできない。

「恥ずかしいに……決まっているだろう……」

自分でもびっくりするような小さな声で、私はそう言った。

――でも、仕方ないじゃないか。

続くその言葉については、さらに小さく蚊の鳴くような声になった。

それを見て、ガブリエルさんはクスリと笑ったのだった。

サイド：飯島忍

俺たちは南方の世界一の港町、アブラシルへと向かうことになった。
メンバーは、俺、ガブリエル、ツクヨミ、アリス、ケルベロスとなる。
目的は言わずもがなだ。
クソ野郎率いる商業連合《憂国の獅子》の様子窺い。いや、威力偵察に近いか。
奴と短期決戦をするにしても、とりあえずは相手の状況を窺う必要は最低限ある。
他の目的としては、恵によく似た少女の情報収集だな。
さすがにココについては、他人の空似説もある。
だけど、やっぱり恵の容姿とクソ野郎の支配地域ってセットは色々と不味い。
クソ野郎の知るところになれば、力任せに酷いことをされるのは明白ってなもんだ。
ちなみに、冒険者ギルド総本部からアブラシルは、直線距離で七千キロは離れている。
で、この距離を飛行魔法なんかで行くってのは骨が折れる。ってなもんで、ちょっと特別な方法で移動することになった。

と、言うのも、香織さんのギルドであるところの《暁の旅団》には、便利なアイテムがある。

それはそのものズバリで《転移門》と呼ばれるものだ。

これはラヴィータのゲームシステム産のアイテムや施設ではない。

現地における過去の古代文明が作り出したシロモノということらしい。それを過去に偶然に香織さんが手に入れたものだ。

そうして、他のプレイヤーギルドの連中はおろか、《暁の旅団》の信頼できる大幹部以外には存在を教えていないという。

もしもギルド間の戦争になった場合、逃走の切り札になるというのが理由だ。

まあ、要は《転移門》の使用登録者……この場合は香織さんだな。

彼女が一度行ったことのある都市近郊に、ゲームの瞬間転移魔法ヨロシクで飛べてしまうという優れものらしい。

どうしてこんなものが、この世界の古代文明にあったかは謎である。

ひょっとすればデータ上は存在するものの、未だ一般開放していないゲーム仕様なのかもしれないな。

と、まあ――そんなこんなで。

《転移門》を抜けると、そこは森の中だった。

香織さんについては「私も是非とも一緒に行きたい」との話だったが、丁重にお断りした。

と、いうのも前回、香織さんのギルドであるところの《暁の旅団》は内部崩壊している。

もっとも、俺がレベル99プレイヤー二一人を返り討ちにした影響で《暁の旅団》の人数は増えているという話だ。

が、所詮は寄せ集めで、質も悪い。

元々、他のギルドで居場所がなかった連中でもあるため、レベルも相応に低い。

戦力としても期待できないし、その状況で香織さんがギルドを離れるのはやっぱり不味い。

俺たち不在でクソ野郎率いる《憂国の獅子》の連中に襲われでもしたら、目も当てられないからな。

もしもそんなことになれば、今度こそ《暁の旅団》は完全崩壊するだろう。

「あの……シノブ様？」

世界一の港町アブラシルへと続く森の小道を歩いていると、アリスが声をかけてきた。

ちなみに、その斜め後方を歩いているのはケルベロスだ。

尻尾もフリフリで、ペットとしてのサマはしっかり板についてきている。

「ん？　なんだアリス？」

「ツクヨミさんは今回はこないんですか？」

「アイツは仕事がイザナッハに残っているからな」

以前から進めていた作業もいよいよ最終段階に入っている。

と、いうのもウチの最終兵器であるところのアマテラスだ。

アレの召喚条件も整い、最後の詰めを妹であるツクヨミに任せることにしたのだ。

思えばチュートリアルを終えてからのことかな……？

ガブリエルやツクヨミが、水面下でずっと尽力してくれていたことを思えば感慨深い。

で、その召喚条件ってのは具体的に言うと、膨大な量の素材集めだ。

素材については元々、チマチマと合間を見てはダンジョンに潜ったりして集めていたんだよ。

召喚獣は召喚士の半径五十キロ圏内にいなければならないという縛りがある。

そのことが途中で判明した時には本当に焦ったな。

世界中色んな場所のダンジョンに召喚制限内の人数で派遣して、一気に集めようという計画はその時点で頓挫したもんだから、そりゃあ落ち込んだものだ。

まあ、最終的には香織さんからの横流しで何とかなったんだけどさ。

あと、本当にガブリエルとツクヨミには世話になった。

拠点であるイザナッハでは召喚獣は、俺の所在地とは別に、縛りなく動ける。

だから《マナ》については、ツクヨミやガブリエルの暇を見てはフル稼働させてこれまでずーっとため込んでいたんだよ。

で、ようやく念願かなって、《マナ》も今日か明日には規定量がたまる算段になった。

「しかし……《転移門》ってのは凄かったな」

俺は後方を振り返った。

先ほどまでは《転移門》という名前のとおりの門がそこにあったわけだ。

三メートルくらいだったかな？

そんな感じの二本の柱が立っていて、それに挟まれる形で五メートルくらいの幅の空間があった。

で、柱と柱の間には……一番分かりやすい形で言うと、某国民的猫型ロボット漫画の、どこにでも行けるドアみたいな感じだ。

あんな感じで、直接向こうとこちらがつながっていたんだよ。

それで数千キロもジャンプできるってなもんで、『すげえなこれ』という声が出るようなシロモノだった。

が、今はもう、柱ごと消え去ってしまっている。

これは光学迷彩で消えているように見えるだけで、柱があるはずの場所に触れれば再度出現して稼働するらしい。

「《転移門》……か。なあ、ちょっといいか？」

と、少し思いついたことがあるのでガブリエルに問いかけてみた。

「何でしょうかシノブ様？」

「これって香織さんが行ったことがある都市だと、どこにでも行けるんだよな？」

「そのように伺っております」

「うーん。ひょっとするとこれは使えるかもしれないぞ」

「使えるとおっしゃいますと？」

いくつかの想定シミュレートが頭を巡ったところで、やっぱりイケそうだと俺は頷いた。

いや、熟考の余地は多々ある。けど、これはマジで凄いことになるかもしれないぞ。

これを上手（うま）く使えば、一撃で《憂国の獅子》を……そしてクソ野郎を追い込めるかもしれない。

まあ、結構危ない橋ではあるし、不確定要素も多々ある。

が、有効な一手に見えるのも間違いない。

これは、今回の威力偵察と同時にそちらの仕込みも同時並行で進めるか。

いや、違うか？

相手も、俺がやろうとしていることは当然警戒しているだろう。

と、なると、俺たちがアブラシルの街で威力偵察……姿を見せているってことはむしろ必須条件か？

ともかく、ツクヨミには酷だが、アマテラス関連以外にも休日返上で働いてもらうことになりそうだ。

と、そんなことを考えていると、一同の空気が変わった。

ガブリエルから表情が消え去り、雰囲気が冷たいものとなる。続けて、ケルベロスがアリスの足下で唸り声をあげる。それに少し遅れ、アリスの猫耳がピクピクと動く。

「……微かですが悲鳴が聞こえました。女性のモノです」

アリスの頭を撫でてやりたい気持ちになった。

少し遅れたとはいえ、アリスが異変を察知したのも俺たちとほぼ同時だったんだ。

レベルも50を超えているし……うん。

獣人特有の索敵能力の高さも合わせて、ここについてはアリスもそろそろ一人前と言ったところだな。

元々は奴隷市場で死にかけてた子だったもんなぁ。

感慨深げにそう思っていると、向こう側に女性の姿が見えた。

それはつまり、ボロ布のような服をまとった翼人(ハーピィ)が、血眼で走ってくる姿が見えたのだった。

†

走ってくる翼人(ハーピィ)の数は五名だった。

一団は翼人(ハーピィ)だけではなく、色んな人種が交じっている。

エルフや狐耳、変わったところではリザードマンなんかもいるな。

その総数は二十名程度か。で、見事なまでに全員が亜人の女だ。

全員ボロボロの服を着ているし、手枷(てかせ)がついている者もいて、酷い扱いを受けているのはパっと見で分かった。

「まあ、逃亡奴隷か何かだろうな」

見たまんまの感想を口にすると、ガブリエルは首肯した。

日本で翼人(ハーピィ)と言えば、両手両足が鳥の爪のように鋭利になっているイメージがある。

それで下半身が完全に鳥で、上半身も半ばまでが鳥ってのが一般的なイメージかな？

亜人というよりは魔物に近い外見のイメージが普通だと思う。だが、この世界での翼人（ハーピィ）は翼を除いて人間と変わらない。

「どうしますかシノブ様？」

ガブリエルの言葉に、顎に手をやり考える。

というのも彼女たちの背後から、武装した男たちが追いかけていたからだ。

恐らく移送中か何かに逃亡した奴隷を、奴隷商人等が追いかけているのだろう。

まあ、全然違う可能性もあるけど、九割以上の確率でビンゴだと思う。

「いや、どうすると言われてもな……」

実際問題、ここで奴隷商人をぶっ飛ばすのは簡単だ。

しかし、俺としては軽々に判断することはためらわれるんだよな。

この場合は『道徳的に、本当に助けてしまっても問題がないか否か』という一点に尽きる。

現代日本の価値観からすると、奴隷制度というのは絶対にありえない。

けれど、ここはラヴィータの世界だ。

俺という個人の道徳観念を、この世界に押し付けてもいいのか否かというところが非常に引っかかる。

例えば、重罪人への刑罰として、犯罪被害者に奉仕することで償いをさせるような奴隷文化だとしよう。

そういった場合、力任せに武力を背景に『ダメだ！』というのは、なんとなく違うような気がするんだよな。

「とりあえず状況の確認はしたいんだが……」

さて、どうしたもんか。

このまま様子を窺って、成り行きに任せてみるか？

それで、一同が落ち着いた時に話を聞いてみるとか？

「……助けないんですかシノブ様？」

「状況も分からずに首を突っ込むのは不味いだろう」

そう答えると、彼女は少し寂し気な表情を作った。

アリス自体が元々は奴隷市場で酷い目にあっていた。まあ、気持ちは分かる。

けれど、俺も力ずくで奴隷商人をぶっ飛ばしてアリスを解放したわけでもないしな。

「きゃあ！」

その時、俺の眼前で十歳前後の翼人（ハーピィ）の女の子が転倒した。

それを見た、武装集団が声を上げた。

「良し！　俺はこのガキを確保する！　お前等は先に行け！」

「おう、任せた！」

そんなことを言いながら、一人が俺たちの眼前まで走ってきた。

「おい兄ちゃんたち！　痛い目に遭いたくなければ俺等には関わるなよ!?」

そのまま、男は仰向(あおむ)けに転がっていた女の子に馬乗りになる。

「手間をかけさせやがってこのガキがっ！」

女の子の表情が一瞬にして絶望の色に塗りつぶされる。

それとは対照的に、男の表情は喜色と加虐(かぎゃく)の色に染まった。

「――――っ！」

まだ殴ってもいないと言うのに、女の子が声にならない叫び声をあげた。

それを見て、満足げに男は笑みを浮かべる。

と、同時、アリスは、所持している銃器の安全装置を解除し、トリガーに手を掛けた。

「……待ちなさいアリス。それはシノブ様の意志とは違います」

ガブリエルの言葉に、アリスは頬を膨らませた。

しかし、トリガーからは指を離した。不承不承ながらも了承したということなのだろう。

「おい、てめえな！　翼人(ハーピィ)の国を襲った時にこっちは三人も死んでるんだぞ？」

マウントポジションから女の子を見下ろす男、彼は右手を大きく振り上げた。

「こっちは亜人奴隷協定を破って危ない橋渡ってるんだよ！　手間暇かけて攫(さら)って来たん

だから、お前等は俺らの金になる義務があるんだ！」

　そのまま男は力任せに少女の頭部を殴ろうとして――。

「はい、そこまでだ」

　言葉と共に、俺は男の顔面に向けて水平蹴りを叩きこむ。

「あびゃばあ？」

　冗談のような悲鳴を残し、男が十メートルほど吹き飛んでいく。

　前歯が全て砕け抜け落ちたのか、白い破片と血液が宙を舞う。

　続けて、ガブリエルが動いた。

　いや、正確に言うと、俺が蹴りの動作に入る寸前から動いていた。

『亜人奴隷協定を破った』と、そんなご丁寧な発言が出たことで、彼女はゴーサインが出たと判断したらしい。扱う武器も容赦がない。

　瞬く間に投げナイフが向こうに跳んでいき、次々と男たちの悲鳴があがり、血の華が咲いていく。

　と、そこでアリスが俺に視線を投げかけてきた。

「シノブ様、結局助けるんですか？」

「状況が分からなければ、そりゃあ助けないさ。今は分かったからな」

「……それは仮に男が不用意な発言をしなければ、傍観していたということでしょうか？」

その問いに、俺は心外だとばかりに肩をすくめる。

「そのまま逃げきれればそれで良し。で、この連中が亜人たちに攻撃を仕掛けた瞬間には……殺さないまでも攻撃を止めさせる予定だったさ」

「でも、その場合は状況がよく分かりませんよね？　それでも助けるんですか？」

「今の場合で言うと女の子に拳がヒットする直前に止めてたよ。女の子を殴りつけようとする奴らって……その状況だけ分かればー分だしな」

ニコリと笑ってそう言うと、アリスにも笑顔の花が咲いた。

そしてアリスは銃を構えて残った男たちに向けて——。

タン、タン、タン。

乾いた音と共にアサルトライフルが火を噴いた。

†

亜人の女性たちの話をまとめると、次の通りになる。

彼女たちは辺境の村々から奴隷狩りに遭って、世界一の港町であるアプラシルに運ばれている最中だということだ。

元々が非合法な形で人攫いにあってしまった彼女たちだ。

街まで運ばれてしまえば、それはそれはとんでもない目に遭うことが確定している。

そうして監視の目を盗んで逃走に移り、現状に至るというわけだ。

「それじゃあ、気を付けて故郷に帰ってくださいね」

そう言うと、彼女たちは俺たちに何度も何度も頭を下げてきた。

ちなみに、彼女たちには第三階梯魔法で呼び出した魔獣を護衛に付けることにした。

いくらなんでも、このままアプラシルに向かわせるのは良くない。

ってなもんで、アプラシル以外で、近くの大きな町に向かわせることにしたってことだな。

で、そこで、彼女たちは魔獣とも別れることになる。代わりに、冒険者なりの護衛をつけてから故郷に向かわせるという寸法だ。

もちろん、路銀も護衛依頼金も、かなりの額の金銭を渡している。

金については、イザナッハに金塊やら金貨やらが唸るほどあるしな。

とはいえ、現地の人間に対して、無償で助け舟を出すのは良くないと思うのはある。

けれど、乗り掛かった舟だ。

助けるだけ助けておいて、着の身着のままの状態で「はい、さようなら」という無責任なことをするわけにもいかないし。

「シノブ様って凄いですよね……その慈悲深さは尊敬に値しますよ！」

　アリスが声をかけてきた。

「そんなに凄いことか？」

「だって、見ず知らずの人たちですよ？　こんなこと普通はしませんよ」

「つっても、乗り掛かった船だしなぁ。それにアリスも同じ境遇で、奴隷として酷い目にあってただろ？」

「ええ。それはそうですね」

「そういう人たちに出会ってしまった以上、放置すると……身内であるお前の精神衛生上も良くないとも思ったんだよ」

「身内……？　私が身内？　身内なんですか!?」

「逆に聞くが、身内以外の何者のつもりだったんだよお前は？」

　そう言うと、アリスは嬉しそうにエヘヘと笑った。

　猫耳もピクピクと動いているし、尻尾もブンブン振っていて非常に愛らしい。

　うん、嬉(うれ)しそうで何よりだ。

　あ、でも……尻尾をブンブン振るのは猫じゃなくて犬だよな？

少しだけそう言いたい気分になったが、まあ、どうでもいいことなのでここはスルーしておこう。

と、その時、亜人たちがざわつき始めた。

そして、不思議なことに彼女たちの視線は空に向けられていたんだ。

何事かと思って見ていると、空から舞い降りてくる翼人（ハーピィ）の女性の姿が見えた。

ちなみに、この翼人（ハーピィ）についてはボロ布を着ていない。年齢的には二十代後半くらいだろうか？

勝気な瞳に、勇ましい軽鎧がよく似合う。

剣を帯びていることから、彼女については奴隷商人に捕まっていたわけではないことは明らかだった。

「どういうことなのです？　奴隷商人の手先共は……どこにいるのでしょうか？」

地面に降り立った彼女は、怪訝（けげん）な表情で周囲の様子を窺いそう言った。

すると、奴隷商人に捕まっていた翼人（ハーピィ）たちが彼女に駆け寄っていったのだ。

「ミミ様！」

「ああ、ミュアではありませんか！　ご無事でして？」

彼女たちは旧知の仲らしい。

しばらくの間、アレコレと彼女たちは話をしていた。

それからミミと呼ばれた翼人(ハーピィ)が俺に話しかけてきた。

「話はミュアから聞かせてもらいました。国から攫われた同胞(はらから)を助けてくれて感謝いたしますわ」

頭も一切下げていないし、瞳に警戒の色が見えるのも気にかかる。

それと、名前も名乗らずにいきなり感謝されても……。この人は本気でお礼を言うつもりがあるのだろうか？

「私の名前は飯島忍です。冒険者の端くれ……そのようなものだと思っていただければと思いますが、貴女(あなた)は？」

少しだけ迷い、彼女は小さく頷いた。

「本来は人間種に名乗る名はございませんが、同胞を助けてもらったこともあります。私は翼人(ハーピィ)のロイヤルガードの一員でミミと申しますわ」

なんというか、言葉や態度の端々にトゲを感じるな。

「最初にはっきりさせておきますが、私は人間種には悪印象しか抱いておりません。我らロイヤルガードが不在の間に、国を襲われこのような事態になってしまいました。最初に手を出したのは人間側なのですから」

まあ、そうなるのも仕方ないのかもしれない。

亜人と言えば、基本的には人間に虐げられている種族だし。

「それでミミさんは、奴隷商人を追いかけて……助けに来たと？」

「そういうことですわね」

と、そこまで黙っていた翼人の一人が、ミミさんに向けて口を開いた。

「申し訳ございません。カローラ様は私とは違う奴隷運搬隊に連れていかれてしまって……」

その言葉で、ミミさんは右手の指先を鼻に当てがった。

いわゆる「しっ」という感じのジェスチャーで、つまりはそれは黙っておけということだろう。

「国の恥を外に晒しますの!?」

が、しかし、翼人は抗弁するように首を左右に振った。

「……ミミ様。人間の力が強大なのはご存じのとおりです。王女がどこにいるかも分からないですし、ここは手を借りても良いのではないでしょうか？」

「既にアブラシル内で動いております！　それに何より……」

ミミさんはチラリとこちらを一瞥し、再度ミュアさんに視線を向けた。

「無償で危険を冒した恩人相手に、しかも路銀まで持たせてくれた相手に……更に何かを頼むですって？　貴女には誇りや恥という概念は存在しないのですか!?」

「そ、それは……」

と答えるミュアさん、ミミさんはバツが悪そうにこちらに顔を向けた。

「聞いての通り、翼人国を挙げての危急の時でございます。手持ちのお金もありませんので今はお礼ができません。落ち着いたら翼人国の私宛に、手紙か通信水晶で連絡をいただけると助かりますわ」

いや、別にお礼が欲しいわけじゃないんだけどな。

そんなことを言ってもややこしいので、俺は曖昧な微笑を浮かべた。

「ミミさん。こっちとしては乗り掛かった舟です。情報提供や……場合によっては私たちが力になれるかもしれませんが？」

これは半分は善意で、半分はこちらに実利がある。

ミミさんたちが追いかけているのは奴隷商人だ。

で、あれば、妹によく似た写真の子の情報収集の役に立つかもしれない。

クソ野郎にあの子が献上される場合、人攫いの類を使っての犯行になる可能性は高いしな。

既に捕まっているかもしれない関係上、奴隷商人のルートを追うことに利点はある。

「……ええと、イイジマ様でしたっけ？」

「はい、何でしょうか？」

すると、ミミさんは眉間に皺をよせた。

その後、教師が子供をしかりつけるような口調でこう言った。

「生兵法は大怪我のもと……そんな言葉をご存じではないのでしょうか？」

「と、おっしゃると？」

「我々が追いかけている相手は亜人の一国の王女を攫う相手なのですよ？　どれほど強大な相手かは分かるでしょうに」

「いや、私は構いませんが？」

「イイジマ様、同胞の解放には感謝いたします。が、これは我等の国の問題なのです」

「まあ……それはそうですね」

「これ以上の手出しは無用でございます。それに何より、私は恩人を危険に巻き込みたくはありません。貴方がAランク冒険者以上の実力者であれば別にして――その服装から察するに……せいぜいがDランク冒険者程度でしょうから」

そういえば、この世界に降り立った直後だったか？

あの時はこの服装で、最底辺の冒険者扱いを受けたっけ。

そう考えると、ミミさんは俺に対して敬意を払ってくれているんだろうか？

俺に気を遣ってベテランであるDランクと言ったのだろうし……最低限のヨイショもしてくれているような気がする。

まあ、嫌いな相手に対しても礼儀を尽くすとか、そんな感じの人なんだろうな。

と、そこでガブリエルが目くばせしてきたので、小さく頷いて応じる。

これ以上の長居は無用。ここで無駄に時間を浪費するつもりもない。

「それじゃあ、私たちはこれで失礼します」

「イイジマ様。貴方の旅路に幸あらんことを願っておりますわ」

そうして——。

すったもんだあったものの、俺は亜人たちと別れ、ようやく目的地のアブラシルへと向かい始めたのだった。

†

「シノブ様……いきなり正面突破ですか!?」

不安げな様子のアリスの言葉に、俺は苦笑する。

まあ、実際にそう取られてもおかしくはない状況にはある。

なんせ、今いる場所は商業ギルド本部だ。つまりは《憂国の獅子》の総本部とも言える場所だからな。

ちなみに建物の高さは十階建て。

中世ヨーロッパ風な文化からすると、明らかに異常な高度を誇る建築物ってとこだ。

もちろん、高さだけじゃなく奥行も横幅もある。明らかに周囲から浮いている感じの巨大さで、その富を誇示する風に見える。

「違う違うアリス。突破じゃなくて、確認作業だよ」

そのために香織さんから冒険者ギルド発行の偽造身分証も貰っているわけだしな。

偽造身分証によると、今の俺の肩書はAランク冒険者：チャン＝ムーチェンということになっている。

俺は黒髪なので、東洋系で作ってもらったって感じだ。

あと、Sランクじゃなくて Aランクにしているのも理由がある。

この世界のSランク冒険者はレベルにして40オーバーからと、そんな感じになる。

もちろん、プレイヤー勢力からするとやっぱり弱い。とはいえ、現地人基準では馬鹿がつくほど強すぎる。

ここは、目立ちすぎないように……と、そういう配慮だ。

「でも……ここってシノブ様みたいな神人がたくさんいるかもしれない場所なんですよね？」

身震いする感じのアリスに、俺は首を左右に振った。

「だから、確認作業だよ。心配することはない」

商業ギルドのドアを無遠慮に開けると、アリスはギョッとした表情を作る。

「いやいや、そんなに驚かないでも良いだろう」

「とは言っても……」

「そもそも、俺等は本体じゃないんだし」

と、言うのも、実は今……この場所を訪れている俺たちは、そのものズバリで本体ではない。

ツクヨミの影を操る能力で作り出した、ドッペルゲンガーのようなシロモノなのだ。

これができるようになったのはツクヨミのレベルが120を突破したことによって、元々持っていた彼女のスキルが進化したことが影響している。

他、ツクヨミは隠密(おんみつ)行動のスキルも進化して、ちょっととんでもないことになっているんだが——それはさておき。

ドッペルゲンガーを使っている理由は単純だ。

クソ野郎率いる《憂国の獅子》連中に、この場で袋叩きに遭えば目も当てられないからだ。

とはいえ、ドッペルゲンガーは色々と制約もある。

まずは、ドッペルゲンガーだけあって、肉体の能力は低い。

俺たち自身の元々の力が反映されると言うことだが、マックスでもレベルにして50程度の力ということ。

なので、プレイヤー同士の戦闘には到底耐えられるものではない。

それと、宿屋にいる本体の俺たちは、現在睡眠の真っ最中でがら空きとなっている。

俺たちの意識を幽体離脱的にドッペルゲンガーに乗り移らせているからだ。

この場にガブリエルとケルベロスがいないのもそのためで、本体への敵襲に備えてのことだ。

「それじゃあ行こうか」

「シ、シノブ様！　待ってくださいよー！」

はたして、鬼が出るか蛇が出るか。

俺たちは人でごった返すロビーを通り抜けて、受付へと向かったのだった。


商業ギルドでの調査を終え、場所をアブラシルの冒険者ギルドへと移し俺は開口一番こう言った。

「香織さんの情報通りだったな」

酒場の併設されたロビー。

テーブル席に陣取った俺は、紅茶のカップを手に取った。

商業者ギルドで分かったことは概ね二つだ。

まずは一つ目。

それは、この街の商業ギルドはあくまでも《憂国の獅子》と関係するというだけで、別組織であるということ。

これは冒険者ギルドがそのまま香織さんの《暁の旅団》のイコールの組織ではないことと同じだ。

いや、ちょっと違うかな。

《暁の旅団》の場合は、冒険者ギルド総本部の幹部連中はプレイヤーが固めている。

だけど、《憂国の獅子》の場合は完全下部組織という言い方が近い。

商業ギルド本部の長にしてもプレイヤーではない。

あくまでも商業ギルド本部長は、《憂国の獅子》という上層組織との連絡手段を持つに過ぎないという程度の立ち位置だ。

そして二つ目。

これは一つ目に関連するんだけど、今の俺に《憂国の獅子》との接触手段は存在しないということ。

どうして商業ギルドと《憂国の獅子》のメンツを完全に違う風にしているかというと、

それはとにもかくにも……クソ野郎の用心深さだろう。

他の五大ギルドは大なり小なり香織さん形式をとっている。

例えばここ四百年の聖教会の代々の法皇は、聖教会を牛耳る《龍の咆哮》の幹部の面々となる。

香織さんも現在は冒険者ギルド総本部長だ。現地民に寿命の関係でおかしく思われない範囲では、こんな感じでプレイヤーは顔出しをしてたりするわけだ。

が、アイツは違う。

四百年前から《憂国の獅子》の流儀は、現地民の傀儡を立てて方針を伝えるだけというものだ。

そうして、利益だけはキッチリ吸い上げると言う方式を取っているという。

これについては香織さん曰く――。

現地での動きやすさや権威欲を捨ててまで、プレイヤー同士での争いを警戒しているのだろうということだ。

しかし……と、俺はため息をついた。

「《憂国の獅子》と喧嘩をするにしても、相手の場所すら分からないってのはやりづらいな」

「……用意周到で厄介な敵ですね。今のような状況までを想定して、所在が分からなくしてるんでしょう？」

まあ、ウチの実際の父親も用意周到にしてやられている。

銀行からの貸し剝がしから始まって……最終的に会社の倒産を食らってるからな。

恵に対しても日本では強姦という手段を取らなかった。アイツは、クレイジーではあるけれど馬鹿ではないのだ。

「いざとなったら商業ギルドマスターに洗脳魔法をかければ、《憂国の獅子》の末端プレイヤーくらいまでは辿り着けるだろうが……」

連中は世界中に隠れ家的なシェルターを構えているという。

《憂国の獅子》のそれぞれのメンバーでも、シェルターの全容は全く把握していないらしい。

というか、情報漏洩を防ぐために意図的にそうなっているのだろう。

なので、結局のところはアイツ本人を捕まえないことには、いたちごっこというわけだ。

ともかく、メンバーを捕まえないことにはアイツまでは辿り着けない。

故に、ギルドマスターに対する洗脳魔法からの自白には効果もある。

けれど、いきなりそんなことをしてしまえば、こっちが仕掛ける気マンマンであると無駄に伝えることになってしまう。

「それで、どうするんですかシノブさん？」

「とりあえず、やっぱり予定通りだな」

「ええと……シノブ様の妹様に似た女性を捜すと言うことですか？」

妹様という言い方について思うところはあるが、言っても直しはしないだろう。

「その通りだ。一石二鳥にもなることだしな」

「一石二鳥？　妹様についても調査するとは知っていましたが……他にどういった狙いが？」

「《憂国の獅子》の所在調査だよ」

「いや、それはさっき無理だという話になったのでは？」

「《憂国の獅子》ってのは、要は金を稼ぐのが命題のギルドだからな、商業ギルドだけじゃなくて……当然ながら金銭効率の良い犯罪組織も使っているわけだろ？」

「まあ、確かにそっち系は儲かりそうですよね」

「と、なれば、犯罪組織の金の流れを追えば《憂国の獅子》に行きつく可能性は結構高いんだよ」

そう言うと、アリスは「はてな？」と小首を傾げる。

「最終的には《憂国の獅子》が利益を掠め取る関係上、必ずその受け渡しはどこかで発生する。それは分かるな？」

「あ……確かに」

「支配体制がイマイチ分からない関係上、蓋を開けてみたら商業ギルドの下部組織が犯罪組織ということもあるにはある。だけどとりあえず、この街に存在する非合法な組織が、クソ野郎の支配下に置かれていないとは考えにくいだろ？」

「裏稼業が儲かる商売である以上……ってことですね」

「そういうことだな」

「で、でも、犯罪組織を辿ると言っても、どうするんですか？」

「そこについては、ちょっとついてきてくれるか？」

そう言いながら、俺はゆっくりと立ち上がった。

「ど、どこに行くんですかシノブ様？」

見た方が早いので、その問いかけには応じない。

そうして、ロビーの一角まで歩いて、俺は掲示板を指さした。

すると、アリスは心底不思議そうな表情でこう言ったのだ。

「冒険者の……依頼掲示板ですか？」


かれこれ五分ほどだろうか。

アリスはマジマジと依頼掲示板を眺めている。

先ほどから横目でチラチラとこちらを見てきている。

「むむむ……」

と、アリスは難しい顔をして、依頼要項の表題にあっちに視線をやったりこっちに視線をやったり。

けれど、やっぱり分からないらしい。

とっかかりすら掴めないようなので、そろそろこれからやることを教えてあげようか。

「俺たちのやるのはこれだよ」

そうして指さした先には、とある依頼が一枚あった。

「薬草の採取中に行方不明になった村娘の捜索依頼……ですか？」

「そのとおりだ」

で、実際に募集要項の表題は《薬草の採取中に行方不明になった村娘の捜索依頼》である。

内容詳細としても、村の近くの森――つまりは危険度も高くない地域での行方不明となっている。

状況的には、不幸な村娘がゴブリンか何かに巣穴に攫われたという感じだろう。

「これって、要はゴブリンの巣穴捜索依頼ですよね？」

「普通に解釈すればそうなるな」

一見、何の変哲もない冒険者への依頼と見える。が、この依頼にはミソがある。

「報酬と資格要件をよく見てみろ」

「あ……いや、え？　なんで、なんでゴブリンの巣穴捜索依頼がこうなるんですか？　オーガを狩るってワケじゃないでしょう？」

アリスの驚きもごもっともだ。

依頼に書かれているおかしい点の一つは、募集している冒険者のランクがC以上の凄腕であるという一文。

そして、報酬が破格になっている。

と、いうのも難度Aランクの魔物を討伐した際の報酬に準じるものになっているのだ。

まあ、これを分かりやすく翻訳すれば――


――事情があってワケありです。


つまりはこういうことになる。

ちなみに、ここについては事前に香織さんから聞いていたので、最初からアタリをつけていたことでもある。

なので、したり顔でアリスに説明するのは実は心苦しくもあるんだが。

「つまりはこれは……公に訴えることができない形で攫われた貴族、ないしは金持ちの令嬢なりを取り返しに行く戦力の募集ってことらしい」

「どうしてそんなことを知っているんですか？」

「そりゃあ香織さんに聞いたからな」

「香織さんが……なるほど。まあ、あの方も冒険者ギルドを仕切っている方ですしね。でも、どうしてそんな回りくどい依頼になるんですか？」

「話は単純で、この街って犯罪組織も含めて……例の連中が仕切ってるだろ？　何か起きても衛兵や街の守護兵も見て見ぬふりだし、そうなると独力の実力行使しかないんだよ」

「……でも、普通の人があの連中に勝てるわけないですよね？」

「仮に取り返すことができても、最終的に返り討ちに遭う確率は１００％らしい。だから、隠語とはいえ堂々とこんな依頼を貼ることができるのも含めて……見せしめの一環っていうことみたいだな」

「見せしめ……ですか」

プレイヤーの存在は、基本的には現地民の権力中枢以外は知ることのできない情報だ。

そういう意味では、一般人レベルでプレッシャーをかける今回のこれは、かなり踏み込んだ部類に入るだろう。

香織さん曰く、この街の商業ギルドと犯罪組織、その上層に更に何らかの権力機関があるのは常識らしい。

大国等の何らかの武力組織がこの街を裏で支配している……と、そんな感じで一般人レベルでは思われている状況となっている。

で、結局、今回のこういうことも含め、逆らうと不味いという共通認識はキッチリと刻み込まれているわけだ。

「とにかく依頼主に話を聞かないとな」

依頼の貼り紙を剝がして、俺とアリスは受付へと向かおうとした。

と、そこで、半日ほど前に会った翼人(ハーピィ)と出会ったのだ。

「……イイジマ様？」

「ああ、ミミさん。さきほどはどうも」

「そういえば冒険者だと名乗ってらっしゃ～いましたね……」

そして、俺が持っている貼り紙を見て、彼女の眼の色が一瞬で変わった。

「貴女は何を考えておりますの？　その依頼の意味が分かっておりますのっ!?」

ひょっとして……と、俺とアリスは顔を見合わせる。

が、俺たちの様子なんかお構いなしで、ミミさんはこちらに詰め寄ってきた。

「言ったはずですわ！　生兵法は大怪我のもとです！」

「そもそも――」と、ミミさんは更に言葉を続ける。

「その依頼にはCランク以上の凄腕冒険者の募集だと書いておりますわね？」

どうやら、この依頼は翼人(ハーピィ)の王女救出作戦ということで間違いがないらしい。

「ええと、ミミさんが依頼主ということで良いんですよね？」

「この流れでそれ以外の何がありますの？　私と貴方は知らない仲ではありませんわ……悪いことは言いません。今すぐに貼り紙を元に戻すのです！」

ミミさんが言ったとおり、俺たちは知らない仲ではない。

救出作戦を遂行すれば、１００％の確率で返り討ちにあってしまうと知っていればなおさらのことだ。

「そういうわけにもいかないんですよね。これでも一応は腕に覚えがありますし」

見殺しにはできないしな。

と、その言葉でミミさんは怪訝(けげん)な表情を浮かべる。

「腕に覚えがあるですって？　と、なると……貴方はひょっとするとCランク冒険者なのですか？」

黒一色のそのナリで？　とでも言いたげな感じでミミさんは目を丸くした。

やはり、この世界の冒険者はよほど見た目に気を遣う性質のようだ。

まあ、見た目で舐(な)められるってのは、依頼人から報酬を下げられたりと良いことはないだろうが。

「ともかく、依頼人がいるとなれば話が早い。一緒に受付に行ってもらえませんか？」

「そういうことなら、こちらとしても話が早いですわ。恩人を危険な目には遭わせられないですもの。ああ、それと……仮に貴方がCランク冒険者だとしても、その場で拒否させてもらいますから」

「まあ、とりあえず一緒に来てくださいよ」

そう言うと、ミミさんは「はっ！」とした表情を作った。

「募集資格に記載していたCランク以上の条件を盾に、私が断れば受付職員に抗議をするつもりですのね？　条件は満たしているのにどうしてだと……そう言うつもりですのね？」

問答するのも面倒になってきたので、手で行きましょうと合図をする。

すると、ミミさんは渋々ながらも俺と一緒に歩き始めた。

「ですが、誰が何と言おうと、本当に貴方がCランク冒険者だったとしても参加は認めませんからね！　確かに受付職員には嫌みの一つや二つは言われるでしょうが……」

そうして受付に辿り着いた俺は依頼の貼り紙と共に、身分証カードを一緒に差し出した。

すると、受付の目の色が変わった。

「あ、これは大変失礼しました。応接室を用意しますので、こちらにどうぞ」

「応接室ですって？」

意味が分からないという風にミミさんは小首を傾げて、俺の身分証カードを覗き込んだ。

すると、彼女は大きく目を見開いて、大口をぽかんと開いた。

「……Aランク冒険者ですって？」

無理やり分類すれば、実際の実力的には最高のSランクなんだろうけど……。

それを言ってもややこしいだけだ。

「そんな……そんなの……絶対に……ありえないですわ……そのカードって偽物ですわよね？」

ミミさんは受付職員にそう問いかけた。

すると、受付職員は身分証カードを手に取ってからマジマジと眺めて、首を左右に振った。

「冒険者ギルド総本部……そのギルドマスターが直接発行されたものです。この世にそう数も多くない、特別扱いの珍しい証明書ですよ。間違いなくこの方は超一流の冒険者――Aランクです」

「そんな……」

時間にして数秒くらいだろうか？

しばしの放心状態の後、ミミさんは表情を一変させた。

そうして、背筋を伸ばし、指先をまっすぐに伸ばして気を付けの姿勢を取る。

そのまま彼女は俺に対して四十五度の角度で素早く、最敬礼を行ったのだ。

「今まで失礼な態度を取って申し訳ありませんでした。貴方の実力を見誤り、あまつさえ危険だから我々には関わるなと……そんな態度を取ってしまいましたわ」

しばし考えて、気にするなとばかりに肩をすくめる。

そもそも、このカードは香織さんに頼んで作ってもらった偽物だ。

「ところで、Aランク冒険者くらいになると……レベルはどれくらいですの？」

レベルは125です。

本当のことを答えてしまうと、それこそ「嘘だ！　嘘だ！」と騒がれてしまう。

ともかく、面倒なのは避けるに限る。

「ええと……30くらいですね」

「それは凄いですわ！　さすがはAランクですのっ！」

その反応を見て、俺は曖昧な微笑を浮かべたのだった。

†

冒険者ギルドで俺たちはミミさんとしばらく話をした後、翌日に他のメンバーとの打ち合わせを約束し、そのまま別れることになった。

ってことで、俺たちは尾行対策で街を歩き回っていた。

街の大通りや路地裏を行ったり来たり。そして隠密看破系の魔法も使用しながら追跡の痕跡がないことを何度も確認する。

偽名は使ったが、香織さんが直接発行した身分証で商業ギルド会長とも会っている。

冒険者ギルドの職員は一発で香織さんが作ったと理解していたようだし、冒険者総本部ギルドマスターの印に反応も示していた。

さすがに、これでバレてないわけはない。なんせバレるように動いてたんだから。

ただ、尾行なりを警戒しないってのは、さすがにわざとらしすぎて不味い。

若干面倒だが、これは必要な作業だ。

そうして一時間ほど歩いた後、最終的に薄暗い路地に入った。

「良し、誰もいないな」

「はい。大丈夫だと思います」

「それじゃあ……意識を戻すか」

今の体はいつ危険があっても大丈夫なように、ツクヨミが作った影――ドッペルゲンガーを使用している。

結果的には大丈夫だったものの、連中の本拠地に直接足を踏み入れたんだからな。

これは、当然の対策とも言える。

「ええと、心の中で十を数えれば戻るんでしたっけ？」

「ああ、そうだな」

心の中で十を数え始める。

すぐに、先に数え切ったのか、アリスの体が自身の影に呑まれるように瞬時に消え去ってしまった。

続けて——俺の意識は急速にまどろみの中へと落ちていったのだった。

†

それから五日が経ち、月夜の晩を迎えた。

この五日間は、ガブリエルやケルベロスを引き連れて、街や近郊を忙しなく動き回っていた。

ミミさんと綿密な打ち合わせをしたり、奴隷商人の動きを探ったりと、休憩する暇もロクになかったほどだ。

結果として、王女が攫われている施設の目星もついて、あとは討ち入りを残すのみといった状況だ。

まあ、そこはオマケで目的は別だ。

ガブリエルやツクヨミと共に、俺がアブラシルで動き回っていると言うことそのものをクソ野郎に見せつけると言うのが本命である。

そこができてないと、これからツクヨミを使うにしても動けないからな。

もちろん、オマケって言っても、恵に似た子＆クソ野郎の所在調査は重要ではあるんだけど。

と、それはさておき――。

宿屋の一室に陣取った俺は、アリスの合図に頷いた。

「シノブ様。第四階梯魔法での対策は完璧です」

アリスもレベル50を超えて、最近では第四階梯魔法を扱えるようになったってことで、今回、練習の意味を込めて仕事を任せた。

つまりは、俺の代わりに防音対策の空間断絶魔法、そして盗聴や盗視対策にアンチスペル系統の魔法を施してもらったというわけだ。

「再確認だが、マジックアイテムの類も室内にはないな？」

「部屋を取った時、そして八時間前と四時間前、更に言えば十分前……全ての時刻で不審なものはありませんでした」

アリスの言葉に首肯(しゅこう)する。

が、一応自分でも第四階梯で、同種類の魔法をかけておく。

重ねて掛けることで効果が高まるわけでもない。そして、アリスを信用していないわけでもない。

念には念を入れてと言う意味合いだ。

今回のツクヨミとの通信については、《憂国の獅子》の連中に知られるとかなり不味い事項が含まれているからだ。

情報漏洩関係の魔法については第四階梯までしか存在しない。

ゲーム内でのその設定は、四百年後の現在でも生きていることは既に確認済み。

これで取れる対策は既に全て取っているはずだ。

が、更に念を入れて、隠語を使うこともツクヨミには事前に言い渡している。

そうして、やっぱり念のために自分でも室内を捜索して、魔力を発する類のアイテムがないことを確認した。

「それじゃあ始めるか」

室内のテーブルに置かれた通信の水晶玉に手を触れる。

するとと、瞬時にイザナッハ内にいるツクヨミの姿が映し出された。

ちなみに、その横ではガブリエルがすまし顔でペコリと頭を下げている。

「久しぶりだなツクヨミ」

そう声をかけると、ツクヨミは微笑を浮かべる。

ガブリエルについては再度頭を下げるだけだ。言葉は発しない。あくまでも今回の話相手はツクヨミということを考慮しているのだろう。

「今夜は綺麗な月夜ね……シノブ君」

「ああ、そうだな。こっちじゃ雲一つない綺麗な月だ」

「月夜にツクヨミ……ふふふ」

何がおかしいのかクスクスとツクヨミは笑い始めてしまった。

元々、結構な不思議ちゃんではあるけど、笑いのツボまで不思議ちゃんなんだろうか？

「で、あっちの計画の方はどうなっている？」

「シノブ君からの指示を受けた調査は終了したわ。昔から《憂国の獅子》の支配圏内では神隠しの類が多かったのだけれど、ここ最近は本当に異常みたいね」

「村一つが消えて行方不明になったりが、普通の状況みたいだからな」

「ええ。ここ十年は特に酷い。消えた人数は十万や二十万じゃきかないわ。それに商業ギルドが主導になって、人狩りが行われていると断定できる資料をまとめることはできた……というところかしら」

「良し……それじゃあ資料については香織さんに取りに行ってもらうようにするから、渡しておいてくれ」

現在、香織さんは聖教会を牛耳る《龍の咆哮》とコンタクトを取っている。

さすがに俺たちだけでクソ野郎と、それに味方する他のギルドと対峙するには数が足りない。

ってことで、唯一話が通じそうな《龍の咆哮》相手に、《憂国の獅子》の危険性を煽って味方に引き込もうと言う判断だ。

《龍の咆哮》は昔から中立的な立場らしい。

最悪、味方にならなくても、俺たちの争いについては傍観を決め込んでもらうという方向で考えている。

説得の論旨としては、大体次のような感じになる。

① 前回、俺が返り討ちにしたレベル99の人数。二十人は異常に多いので《憂国の獅子》が無茶なレベリングをしている可能性がある点。

② アブラシル近郊での異常な行方不明者の発生。

③ 上記二点から、《憂国の獅子》はアガルタイベント前に急速に力を拡大しつつある。

ここと、元々のアイツの横暴を合わせて話をすれば、話としては一応持っていける形にはなる。

アガルタイベント前に戦力充実をはかっているなら、他のギルドにとっても非常に不味いことになるからだ。

アイツにアガルタでのパワーアップ手段を独占された場合、手が付けられなくなるからな。

他のギルドを圧倒する力をアイツが手にした場合、その危険性は誰にでも分かる。

アイツが無茶苦茶な人間なのはみんなが知るところらしいし、香織さん曰くそこから切り崩すのがベターだろうということだ。

ちなみに、アイツがアガルタの鍵を持っていることについては触れないらしい。

実際、レベル99以上の力はここ四百年のラヴィータの世界には存在しなかった。

証拠もなしにその話をするのは、危機感を煽るにしてもさすがに荒唐無稽にすぎるからな。

まあ、俺という実例を見せれば話が早い。が、今のところ、俺は俺でやることが多々ある。

「了解したわシノブ君」

「それとは別に、引き続きアマテラスとガブリエルと共に動いてくれ。もちろん、今の段階では無茶をしないようにな」

「しかし、シノブ君も人使いが荒いわね。お姉ちゃんを呼び出してすぐにこれなの？」

不満そうなツクヨミだったが、彼女がいないと始まらない。

そう、ガブリエルでもケルベロスでもアマテラスでもなく、ツクヨミでなくては始まらないのだ。

「申し訳ないが、あのクソ野郎に吠え面をかいてもらうまでは、お前には全力で働いてもらうからな」

「もう、レディにはもう少し優しくした方が良いわよ？」

「つっても、《転移門》が使えることが分かったんだから、そりゃあこうもなるだろうよ」

「時は金なり……タイムイズマネーと言うのは分かるのだけれどね」

「それと、アマテラスの様子はどうだ？」

「早くシノブ君に会いたいってうるさいわよ……うんざりしちゃうくらいにね」

「そういう話じゃなくて、戦闘能力の話だよ。やっぱり変わらずぶっ壊れているか？」

「そりゃあもうご存じのとおりのぶっ壊れ具合よ」

「まあ……召喚士という職業の概念を壊すレベルの性能だからな」

あまりの強さに各所から修正要望が入ったキャラである。

で、実際に修正が入って、使用期間に制限がかけられたりもしているんだよな。

確かにアレを連発可能にしてしまうと、完全に反則なのでそれは仕方ないけども。

「一応確認だが、そっちでは今のところ《憂国の獅子》の横槍はないんだよな？」

「ないわ。それこそ——影も形もね」

良し……と、俺は大きく頷いた。

ツクヨミの言を信じるのであれば、水面下でのこちらの動きは一切感づかれていないようだ。

向こうは俺のことを警戒していないってことで、見事に油断してくれていると見て良い。

アイツとは十年以上も一緒に暮らして、性格は大体分かっている。

まあ、油断させるためにアブラシルでチンタラやっている風に見せているんだから、油断してくれないと困る状況ではあるんだが。

ともかく、奴からすれば——。

これは異次元の刃であって、理外の一撃となるはずだ。

《転移門》がなければ絶対にできなかったことだ。他のギルドにその存在を知らせていなかった香織さんには感謝しかない。

「ともかく、引き続き頼むぞ」

「ええ、分かっているわ。そっちはそっちの仕事を優先してちょうだいな。《憂国の獅子》

の所在を掴めないことには、喧嘩をするにしても話にならないのだから」

「それじゃあ……そろそろ通信を切るぞ？」

「……待って、シノブ君」

「ん？　何だ？」

「月夜の晩に私と通信をしたのだから、次は晴天の昼間にお姉ちゃんと通信してみる？」

そう言うと、ツクヨミはクスクスと笑い始めた。

いや……。ツクヨミは月の神で、アマテラスは太陽神と言いたいんだろう。

が、笑いどころが俺にはサッパリ分からない。

ため息をついて、ツクヨミの横にいるガブリエルに視線を移すと――

「ふふ、ふふふ……。アマテラスに晴天……まさかツクヨミに一本取られるとは思いませんでした……ふふふふふ……っ！」

と、肩を震わせてガブリエルは笑っていた。

いや、さっきまで意図的に黙ってただろお前!?　そのスタンスを崩すほどにさっきの面白かったのか!?

ちなみに、アリスは「何笑ってんだこの人？」と言う顔をしていた。うん。やっぱり笑いのセンスがズレてるのは召喚獣たちの方だ。

そう思い、俺は安堵（あんど）したのだった。

サイド：《憂国の獅子》アガルタ攻略隊隊長　神楽大河（かぐらたいが）

～アガルタ第三階層　アタック隊ベースキャンプ内～

薄暗いテントの中、ベッドに腰を掛け立ちのぼるコーヒーの湯気を眺めていた。

——俺はドル以外は信じない。

そんな言葉が口癖になったのはいつのことだったろうか？
それはやはりヨーロッパで傭兵（ようへい）をやっていた頃、外国人部隊全員が作戦中に捨て駒として切り捨てられた時だろう。
俺たちの命は紙よりも安いと理解した瞬間、俺は上官を殴り飛ばして外国人部隊を除隊した。
同じ命を張るのなら、やはりそれなりの対価があった方が良い。そういう単純な理由だった。

それからはマフィアやヤクザの用心棒をやったり、たまに殺しの依頼を受けたり……割のいい仕事なら何でもやった。

日本での報酬もドルで要求したので変わり者の扱いを受けた。

が、ドルは俺の信仰であり、神でもある。

ドルを信仰するようになる前、俺が傭兵部隊にいた理由は単純だった。

昔から、俺はいつも日常に退屈していて、常に頭に霧がかかったような中で生きていたのだ。

それはまるでゲームの中、神視点で俺というプレイヤーを操作しているような……と、そう言い換えても差支えがなかった。

生きている実感が持てない、何事にも本気になれない。

いつも他人事のように、セピア色の夢の中にいるような……そんな退屈な日常。

死ぬまでの暇つぶしとはよく言ったもので、それが俺の人生だったのだ。

だが、そんな日常に転機が訪れる。

中学生のころ、俺は銀行強盗の現場に出くわしたのだ。

数多の人質の一人となった俺だったが、拳銃を突き付けられて命の危機を感じた瞬間に思った。

――ああ、死にたくない……と。

それからの数十秒のことは無我夢中でよく覚えていない。明確に覚えているのは、肩を撃ち抜かれた俺が銀行強盗に馬乗りになっている瞬間からだった。

つまりは、強盗の頭部に、奪った拳銃の弾丸の全てを叩きこんだ後から、俺の新しい人生の記憶が始まる。

返り血を浴び、肩の激痛の中で、俺は思った。

――ああ、俺は今、猛烈に生きている……と。

しかし、日常に戻った瞬間、再度頭の中に霧がかかったような生活が始まった。

どうやら、命がけの死線の中でないと、俺は生きている実感が得られないらしい。そのことに気づくのに、それほどの時間はかからなかった。

その後、俺は外国人部隊に籍を置き、喧嘩別れの後に日本に戻ってきた。

だが、アウトローの世界で暴力を生業（なりわい）とするのは、死線という意味ではあまりにもぬるすぎた。

弱者を食い物にするのがアウトローであれば、その仕事の大半はやはり……弱者の相手だ。

そうして、俺は再び空虚な生活に戻った。

それはやはり、学生時代に感じていたようなセピア色の日常。

そう、自分をゲームのキャラクターと見立て、神の視点でプレイヤーが動かしているといった耐えがたいあの感覚だった。

そんな中——俺が、やはり学生時代と同じように、再びゲームに傾倒するのも自然なことだったのかもしれない。

そして四百年前、あの出来事が起きた。

ラヴィータの世界に入り込んだ時は困惑したものだ。ほどなくしてプレイヤーキルが各地で多発し、俺は狂喜乱舞した。

何故ならば、外国人部隊ですら訓練が主任務であり、実戦に投入されることなんてほとんどなかった。

死線など、現代の地球にそうそうあるものではないのだ。しかし、ここには死線があった。

——この世界であれば死線に身を置くことができる。

――人と人の尊厳を賭け、己が全存在を賭けての勝負に挑むことができる。

当初のプレイヤーキルが横行した際は、俺は全力で生きていた。

他の連中は帰還のためのクランコインを得るために殺し合いをしていたが、俺は殺し合いそのものを目的として騒動に身を投じていたのだ。

水鏡達也という強敵とも出会い、互いに命を削り合った。

俺の人生の黄金期だったと言っても良い。だが、黄金期は終わった。

勝ち残ったプレイヤーキラー達はラヴィータを去り……引き分けのままに勝負を預けていた水鏡達也もまた消えてしまった。

そして始まったのは地獄の三百余年だ。

残ったのは元より、帰還のためにプレイヤーキラーという手段を取らなかった連中だ。揃（そろ）いも揃って腰抜け揃い。俺は大いに落胆した。

やれ安全マージンだで、カンストしてもいないのにレベルを上げない連中。

そして、やれギルド同士の紳士協定だので、争いの手段を舌戦のみにした五大ギルド。

そんな中、俺の頭は再度……霧に包まれることになる。

そうして身を寄せたのは今林のところだ。死線に身を置かず、頭の中が霧の中でいるのなら、せめて――

――俺はドルという名の俺の神を信仰しよう……と。

と、そこで、テントの外から声が聞こえてきた。

「神楽さん。視察をお願いします」

†

「まあ、問題ないだろう」

大森林の真っただ中、そこにあるのは大きな穴だった。

樹木を伐採した後、荒れ野に掘られた五百メートル四方、深さ三十メートルの穴――それを見て、俺は小さく頷いた。

穴の中に潜むのは百万体のゾンビで、中々に壮観の光景だ。

それは、亡者の釜を思わせるものだった。

「しかし、以前に脱走したゾンビはどうやって外に出たんですかね？」

「単純に穴の深さが足りなかっただけだろう。しかし……何度見てもこれは悪趣味なことだ」

そう口にしてから、俺は深いため息をついた。

「とはいっても、アガルタ攻略の決戦兵器ですからね」

「……第七階層を突破する度に十万からのゾンビを使うのか？　燃費が悪いにもほどがあるぞ？」

「仕方ないですよ。これが最も安全な方法なんですから。おかげで俺たちの主な任務も、ゾンビの群れの移動と護衛で……安全なもので済んでるわけですし」

また、安全マージンか。

まあ、俺も魔物相手に潜る死線は燃えないから、安全は歓迎だ。

人間と魔物……それぞれの命のやり取りで違いがあるのかといつも思う。

魔物はゲームのデータと思ってしまっているところに原因があるのだろう。

「しかし、今林も大概だな」

「はは、今林さんを呼び捨てにできるって神楽さんくらいですよ。マジで凄いですね」

「そういう契約で雇われているからな」

と、そこで俺は再度ゾンビの群れに視線を移す。

こいつらは、今林が世界中から攫って来た亜人も含む人間種だ。

そうして、ここに送られる前に、ネクロマンサーの魔法でゾンビ化させられているものである。

このゾンビの群れが兵器となるのに重要なのは、全てがゾンビソーサラーということだ。

魔法使い系ゾンビの中で最底辺のアンデッドとなり、もちろん高位の魔法は使えない。

だが、それで良いのだ。

何故ならこの場合は、第一階梯の《マジックボール》を扱えさえすれば良いわけだからな。

この魔法のダメージは一～二という僅少の数値だが、重要なのは固定ダメージであるということ。

つまりは、百万のゾンビが一斉に魔法を放てば、百万～二百万のダメージソースになるわけだ。

アガルタのいかなる凶悪な魔物であろうと、ＨＰ10万オーバーという化け物はこれまでのところ存在していない。

そして、これがアガルタ攻略法であり、俺たちの必勝パターンでもある。

さすがに第七階層のウロボロスのＨＰ20万には閉口した。

が、こうして今林がどんどんダメージソースをラヴィータから送ってくれるので、問題はない。

いや、現地民にとっては次々と村や街……下手すれば都市レベルで丸ごと人間が消えているのだからたまったものではないだろうが。

ただ、こちらの高レベルネクロマンサーでも、自身の影の中に数十万体収納しておくのは難しい。

で、あるからにして、ゾンビ輸送の往復でアガルタの鍵が消えることが今林の頭痛の種らしい。

と、それはさておき、このゾンビアタックは汎用性も高い。

通常、プレイヤーのレベル100のタンク職でHPは一万を超えるかどうかというところであり、それはつまり対人戦でも絶大な効果を発揮すると言うことだ。

「しかし、この戦法は俺は好かんな」

「はは、哀れなゾンビと言っても、使っているのは所詮は現地人でしょうに」

「問題はそこではない。敵プレイヤーに初見でこの戦法を使われる分には燃えただろうが……自分が安全圏にいて使う分には好かんのだ」

「……本当に死線が好きなんですね」

「それが性分だ。安全な場所では生きている気がしない。まあ、病気みたいなものだな」

精神科医にかかったことはない。

が、精神疾患の一種に診断されるのだろうとは自分でも思う。

「それで、キャップを外した後にレベリングに向かった最後の三人はどうなっている？」

「アガルタ第二階層のゴブリン攻略中に大規模の群れに出会い……全滅となっています」

「……アガルタ外なら、それこそ安全マージンを取った上でレベリングできるものをな」

「今林さんの意向ですから仕方ないですよ。とにもかくにも早くレベリングを行えってことですからね」

「本当に、あの男は安全な位置で他人を動かすのが好きなようだ」

ともかく――。

俺はドルがあればそれでいい。死線という欲求を満たせぬなら、信じる神に殉ずるのみだ。と、そこで、時計を確認し、俺は首を左右に振った。

「他の仕事もある。俺はここまで……ゾンビの見張りは任せた」

そうして、後ろ手を振りながら、俺は森の中へと歩を進めたのだった。


森を歩くこと二十分程度。

ここら一帯では魔物が出ないことは確認しているが、それでもここはアガルタだ。

未知の領域で何が起きるか分からない。

恐怖を覚えるのは当たり前の話で、ここまで深く森に足を踏み入れる人間は存在しない。

無論、俺も普段は足を踏み入れない。

では、何故ここまで歩いてきているかというと、理由は単純明快だ。

密談をするに、ここまでふさわしい場所はアガルタ第三階層には存在しない。

「さて……姿を現したらどうだ？」

言葉と同時、大樹の影から少女が生えてきた。

そう、文字通りに影から生えてきたのだ。

黒をベースにしたゴシックロリータ風の格好で、長い黒髪は絹のような質感だ。

生憎（あいにく）と、俺に少女を愛する趣味はない。

が、これより十歳も見た目が年を取っているならば、良い女だろうなとは思う。

「話を聞かせてもらおうか、月の女神」

そう言うと、芸術品のような完璧に整った顔立ちの少女は――ニコリと冷たい笑みを浮かべた。

サイド：飯島忍

ツクヨミと通信をした翌日の深夜。

今日は召喚獣は誰も連れてきていない。

連れてきているのはアリスのみで、ガブリエル達抜きでの実戦経験という意味合いもある。

さて、本日はいよいよ奴隷商人の施設への討ち入りの日である。

と、ミミさんと合流してすぐの頃合いで、アリスが口を開いた。

「それでシノブ様……正面突破ですか？」

商業ギルド総本部に出向いた時と同じく、不安げな口調だった。

「まあ、今回はそうだな」

アリスの口ぶりからすると、まるで俺が正面突破を決めた感じだが、今回の作戦立案は俺ではない。

俺はあくまでも冒険者ギルドで依頼を受けただけだ。

無論、責任者はロイヤルガードのミミさんである。

ちなみに今回のメンツは俺も含めてＡランク冒険者が二名、それに俺のお付きでアリス

（俺と同じく偽造証明書でBランク冒険者という設定）となっている。

「ミミさん。でも、アレが本当に件の奴隷幽閉場所なんでしょうか？」

俺の視線の先には、大貴族の邸宅に見間違えるほどの立派な建物がある。

あるいは、それは迎賓館と言われても疑いもしないほどの豪奢なつくりの外観だった。

「尊い血を引く亜人ということで……丁重に管理されているらしいですわ」

その理由は？　と、尋ねようとして、既に分かり切っていることなので止めた。

高価な奴隷ということであれば、買う方もＶＩＰということなのだろう。

汚すなら、綺麗な物の方が高く売れる。

あくまでも、傷モノにするのは奴隷の飼い主でなくてはならない。

主人の手に渡るまでは、王侯貴族のような扱いで丁重に扱われていても不思議ではない。

「それではイイジマ様、それとハンニバル様。打ち合わせ通りに頼みますわ」

言葉を受けて頷くと、俺の他のもう一人のAランク冒険者が口を開いた。

「イイジマ君は……レベル30という話だな？」

「ええ、それくらいです」

「私はレベル35だ。年齢も私の方が一回り以上は上のようだし、現場では指示に従ってもらう」

ハンニバルさんがそう言うと、アリスが不満を口にしようとしたので止めておいた。

レベルは相手が上という建前だ。更に年齢も上だとしたら、そちら中心にまとまった方が良いのは道理となる。

「それでミミさん。早速だが突入時刻を十分ほど遅らせてもらっても構わないか？」

「どういうことでしょうか、ハンニバル様？」

ミミさんが怪訝そうに尋ねると、ハンニバルさんはニカリと笑みを浮かべた。

「つい先刻、ギリギリになってしまったが、屋敷の建築に携わった大工と接触がとれてね」

「……？」

「見取り図が手に入ったんだよ。時間はないが全員頭に入れておいた方が良い」

「それは……如才(じょさい)ないことでございますわねっ！」

さすがは自らリーダーに志願しただけのことはある。

そう言いたげにミミさんは大きく頷いた。実際にこれは情報としては値千金だろう。

けれど、アリスはやはり不満げな様子だ。そうして、コソコソと俺に耳打ちをしてきた。

「シノブ様は魔法で中に内偵を入れてますもんね？　見取り図より全然凄いですよね？」

確かに、魔法でカメラタイプの内偵はいくつか送っている。

屋敷の内部構造は最初から筒抜けだ。

でも、アリスよ。これって四階梯の魔法なので、それを言うとややこしくなるんだよ。

「黙っておこうな、アリス」

っていうか、俺の心情的にも、ハンニバルさんには気持ち良く仕事をしてもらいたい。

というのも、ハンニバルさんが今回の依頼に参加しているのには理由がある。

彼は前々から、この街の上層部のやり方が気に食わなかったんだそうな。

その理由が、非合法な仕事の依頼を断った報復で、家族を見せしめに殺されたらしいんだよな。

そういったちゃんとした理由がある人が、突入時の指揮リーダーを名乗り出たわけだ。

そこに対して俺はでしゃばる気はない。

俺たちはハンニバルさんが広げた見取り図に、視線を向かわせたのだった。

サイド：流狼の大魔術師　アブラハム

私は二歳で文字を覚えた。

両親は狂喜し、四歳で魔術書を読み解いた時には気味悪がった。

九歳で第二階梯魔法を使用した時には、両親は引きつった笑みを浮かべ、家庭教師の魔術師に至っては失踪してしまった。

最初は何故、他人はこんなことができないのだろうと思った。

しかし、飛び級を重ねて十歳になって魔法大学院を卒業した時に、私は気づいた。

それはつまり、周囲の人間が馬鹿なのではなく、私が有能過ぎるのだと。

以降、私は天才の憂鬱(ゆううつ)を抱え続けることになる。

対等な者はどこにも存在せず、ただただ贈られるのは称賛と絶賛。

そして必然的に訪れたのは圧倒的な孤独だった。

そんな日々を生きる中、あれは二十歳の頃……魔術学会の幹部のポストが用意された頃だったろうか？

私は、とある噂(うわさ)を耳にした。それは――


――神人。


曰く、特権階級だけが知ることのできる世界の真実ということらしい。

話によると、ぷれいやーと呼ばれる人間たちは圧倒的な魔術の力を背景に、四百年前からこの世界を陰で支配しているということだ。

あまりにも荒唐無稽だったが、国宝級の武具の出所、あるいは社会制度に前々から感じていた違和感と歪(いびつ)……。

その時に聞いた五大ギルドと呼ばれる存在、そしてその支配圏内を考えるに、不思議と符号がいった。

いや、逆に……むしろ、そういう存在がいないとこの世界の違和感の正体を説明できないと。

私は歓喜した。

これまで比類すべき者がおらず、高みへと昇ろうにも相手がいなかった。だが、そこに高みは存在したのだ。

私よりも遥か頂きに存在する、異次元の化け物たちが存在したという事実に高揚した。

そうして、私は魔術学会から脱会し、冒険者ギルドへと身を寄せることになる。

極地と呼ばれる世界各地の秘境を巡り歩き、伝説級の魔物を屠り続けた。

いくつもの死線を潜り抜け、己を磨き、やがて二十余年の時がたち、究極の力を手にしたと確信した私は、ここ――アブラシルへと辿り着いた。

はたして、極限とまで言える次元に磨き上げた私の魔術は、神人相手にどこまで通用するのか。

それが私がここにいる理由だ。

「しかし、亜人の女ってのは良いもんだな」

屋敷の大広間にズラリと並ぶのは出荷直前の十名の女だった。

その様子を眺めつつ、山賊のような格好の大男が下卑た笑みを浮かべた。

一流の邸宅に、一流の調度品。

この屋敷を彩る芸術品の数々を見た時は、さすがは神人の息のかかった施設であると感嘆のため息を浮かべたものだが――。

やはり、いささか働く人間に品がない。

「なあ、アンタはどう思う？　元Ｓランク冒険者――アブラハムの旦那？」

私は軽くため息をついた。それが返事だ。会話に取り合う気持ちは毛頭ない。

「しかし、マジで生殺しだよなぁ、アブラハムの旦那」

「……」

この男は、知能というものを持ち合わせていないのだろうか？

この場には他にも警護の者は五人もいる。

その中で最も上位であり、なおかつ明確に会話を拒否を示している私に話をするなんて……と、思わずため息が出た。

無能に対する憐憫（れんびん）と共に、再度無言を決め込むことにする。

「普通の奴隷なら、出荷前の役得ってことで味見が認められているのによー。本当に生殺しだぜ」

へっへっへっと笑いながら、山賊男は見目麗しい女たちに視線を向ける。

そして、あろうことか山賊男は女の内の一人――翼人(ハーピィ)の女に向けて歩を進めたのだ。

「あー、本当にたまんねえよな」

「……止めておけ」

さすがに、この行動は見過ごせない。山賊男が欲望の瞳と共に女の肩に向けて手を伸ばしたので、そう告げる。

懐から短杖も取り出し、いつでも魔法を放てる状況だ。

「じょ、冗談じゃねえかよ？　魔法をぶっ放すのは止めてくれよ？」

「……生死を選ぶのは貴様自身だ」

私の仕事はこの屋敷の警護だ。警護対象は商品である奴隷まで含まれている。

もちろん山賊男の行動次第では躊躇(ちゅうちょ)なく魔法を行使する。

「だから冗談だって！」

山賊男が両手を挙げたので、短杖を懐にしまう。

「なあ、アブラハムの旦那。質問があるんだが良いか？」

「……何だ？」

「アンタ、第三階梯魔法を使えるって本当かい？」

「……」

実際にはそれ以上の魔法を使える。

が、信頼関係もない相手に、手の内を何故に明かすと思っているのか？

しかしこれでAランク冒険者というのだから、冒険者ギルドの質も落ちたものだ。

「本当に無口な旦那だなぁ？　仕事をやるなら楽しくやろうぜ？」

「……」

「はぁ、つまんねえ旦那だぜ……」と男は深い深いため息をついた。

だが、こちらとの会話を諦めるつもりはないらしい。

なおも徒労となるのは分かっているだろうに、よく回る口を開いた。

「ああ、そういえばさ。手を出せないと言えばあの女を覚えてるか？　もしも指紋の一つでもつけたら、拷問の上で殺されるって通達があった、あのガキのことだよ」

その少女については覚えがある。

この屋敷の主曰く、『最上位中の最上位』から特別通達が出たという話だった。

普段からここの商品に対しては乱雑な扱いは禁止されている。

が、その少女についてはあまりにも大げさだった。

それこそ、男が手を触れるどころか同室にいることすら許さないという徹底ぶりだったな。

数日前に特別便で出荷されていったのだが……間違いなく神人絡みということでよく覚えている。

と、そんなことを思っていると、外からタンッと乾いた音が聞こえてきた。

続けて、窓が割れる音。

そして、私の眼前の山賊男が体をビクリと震わせた。

見ると、山賊男の眉間に――小さな穴が開いていたのだ。

「あでぇ……？」

山賊男が白目を剝いた。眉間の穴からは噴水のように血が溢れだしてきた。

そして、ドサリと山賊男は崩れ落ちた。膝から綺麗に落ちている。即死と判断して良いだろう。

それに遅れて、私の鼻をくすぐったのは……鼻にツンと来る臭い。

硝煙の香りだった。

昔、王都の花火を見物した時に嗅いだものと同種のそれだが……何故ここで？

ともかく、山賊男は一撃で殺された。そして、この攻撃は明らかに魔法ではない。物理攻撃の類だ。しかし、弓矢でもないのは明らか。だとすると、これは本当に何なのだ？

と、そこで私は小さな塊が床に転がっていることを確認した。

「……石つぶて……いや、鉄の塊？」

続けて、音が鳴り響く。

――タン。
――タン。
――タン。

軽い音が外から鳴る。
それと共に、やはり窓の割れる音が響き渡る。
そして窓の割れる音が鳴ると、警護の男たちの眉間に穴が開く。

――つまりは、この音は死の宣告と同義だ。

ドサリ、ドサリ、ドサリ。
男たちが崩れ落ちていく度に、命が散っていく。

――タン。

最後の乾いた音。
死の宣告と共に、私は眉間に熱いモノを感じた。

そうして、私――アブラハムは四十五年の人生で初めて、心臓の鼓動を止めることになったのだった。

サイド：飯島忍

屋敷の窓を勢いよく蹴破った。

バリバリバリーッとばかりに、けたたましい音が鳴って、大広間に無事エントリー完了ってとこだな。

で、既にアリスの狙撃の関係で、室内には死体が転がっている。

見た感じ、既に制圧完了って様子だ。

「な、何が起きているのでございますか!?」

倒れている男たちを見て、ミミさんが素っ頓狂な声を上げた。

「アリスが仕留めたんですよ」

そう告げると、「ええっ!?」とミミさんが更に声を上げる。

俺としてはミミさんには驚くよりも、救出対象の確認をして欲しいところだ。

大広間の敵は既に全滅している。が、すぐに増援もくるだろうし。

そう思っていると、アリスが作った死体に対して驚愕の表情を浮かべつつも、ハンニバルさんが叫んだ。

「ミミ殿！　早く確認を！」

さすがにハンニバルさんは歴戦の猛者って感じのAランク冒険者だな。

指示も的確だと思う。で、ミミさんも今の叫び声で正気に戻ったようだ。すぐに、部屋の脇の女性たちに視線を移した。

彼女たちは突然の事態に完全にパニックになっていた。

腰を抜かして床に尻もちをついていたり、あるいは這いつくばって逃げようとしたりと
……まあ、悲惨な状況であることは間違いない。

でも、足枷があるので走って逃げることはできないみたいだ。ここについては奴隷商人達に感謝しておく。散り散りになって逃げられたら回収するにも面倒だからな。

「お、王女がいましたわ！　あそこでございます！」

指さす先に視線を送る。すると、そこには確かに翼人の女性の姿が見えた。

まあ、匍匐前進状態でドアに向かって逃げようとしているという気の毒な姿だったが。

と、間が悪いことにそこでドアが開いた。

「な、何だこれは!?　何が起きている!?」

入ってきたのは五人程度の警護の男たちだった。

「ミミ殿！　あれは全員が知っている顔――Ａランク冒険者だ！」

ハンニバルさんが「不味い」という感情を隠しもせずに声色に出している。

状況的にはマジで良くないんだろう。で、更に不味いのが位置関係だ。

翼人（ハーピィ）の王女は、ドアに一番近い位置にいるわけだからな。

入ってきた相手は、一瞬だけ大広間の惨状に狼狽（ろうばい）していた。しかし、そこはハンニバルさんと同じくＡランク冒険者ということだろう。

一瞬で状況を認識して、行動に出た。つまりは――王女へと一直線に向かったのだ。

一団の中の一人、赤髪の男はナイフを抜いた。そして、うつぶせになっている王女の首筋にあてがったのだ。

「ぐっ……手を……王女からその小汚い手を離すのですわ！」

おいおい、そりゃあ悪手だぜミミさん。今、この状況でその反応は一番不味い。

証拠に、相手はしてやったりという風に笑みを浮かべてしまっている。

「さて、聞きたいことは色々とありますが――」

王女にナイフを突きつけている赤髪の男。彼は、俺たちを眺めながら言葉を続けた。

「まずはそちらの武装解除と言ったところでしょうか？　反抗すればこの娘がどうなるか分かりますよねぇ？」

言葉を受けて、ハンニバルさんはミミさんに視線を向ける。

すると、ミミさんは苦渋の感情に顔をしかめた。

「こちらの方の言うとおりにお願いしますわ」

「しかしミミ殿……そうすれば我々は全滅です」

「王女の命が最優先だとお伝えしているはずですわ！」

ミミさんの抗弁に、ハンニバルさんは首を左右に振った。

「ミミ殿、落ち着いてください。ここにいる奴隷は連中にとって丁重に扱わなければいけないものです。そうは簡単に王女に手出しはできません」

「確かに……」

ミミさんの瞳に希望の光が灯った。

が、直後に赤髪の男の言葉で、それは絶望の色に変わった。

「はは、そちらは王女の命が最優先かもしれません。が、こちらは自分の命が最優先でね。瞬く間に我々の仲間たちを殺してしまった連中相手です。躊躇はしませんよ？」

その言葉にハンニバルさんが怪訝の色を浮かべる。

「……そんなことをすれば、お前等は全員殺されるんじゃないのか？」

「そりゃあ商品は傷つけないのが理想ですよ？　ですが、引くも地獄、行くも地獄の状況です。もしもこの場を切り抜けるために商品を傷つけてしまったら……そのまま逃走というところですね」

ハンニバルさんは黙り込み、ミミさんは唇を噛みしめる。

そしてほんの数秒の逡巡の後、ミミさんが口を開いた。

「ハンニバル様……っ！　本当に……この連中はそれをやると思いますか？」

「こいつらは正確に言えば元Aランク冒険者です。今は犯罪者ギルドに所属しているはずで……自分の命が最優先という言葉に嘘はないかと」

「……」

ミミさんは黙り込んでしまった。

しかし、人質とは古典的な手段を使う連中だな。

ってことで、魔法行使の準備も終えたので……行きますか！

「な、何ですか君は？」

「何ですか君はと問われれば、飯島忍だとしか名乗りようがないんだがな」

「イイジマシノブ……？」

困惑の表情の赤髪の男だったが、驚いたのはハンニバルさんとミミさんだ。

「止めたまえイイジマ君！　相手はAランク冒険者五人の上に人質もいるんだぞ？」

「イイジマ様！　お願いですから姫様を危険にさらすようなことはやめてくださいまし！」

止めろと言われても、止めるわけにもいかない。

このまま二人に任せても、状況は悪くなる一方なのは明白だ。

「ええと、お二人とも……伏せてもらっても良いでしょうかね？」

が、ポカンとした表情を浮かべるだけで、もちろん二人は言うことを聞いてくれない。

なので、今度は強く言ってみる。

「伏せろ！」

って言っても、伏せてくれない。

まあ、そりゃそうだよな。そう思いつつ、こうなる想定で発動準備を終えていた魔法を発動させる。

第三階梯魔法による重力操作だ。

無詠唱で発動させた魔法によって、二人に上方からの圧力をかける。何のためかというと、そりゃあ無理矢理に頭の位置を下げさせるためだ。

「なっ!?　なんですのこれは――――!?」

「む、無詠唱での第三階梯重力魔法だと!?　どこから飛んできた!?」

どこからっつっても、俺からだが。

で、重力操作をしながら、本命の方のもう一つの魔法の最終調整を行っていると、赤髪の男はクックッと笑い始めた。

「無詠唱の第三階梯ですって？　ふふ、アブラハムも人が悪い。姿を見せずに参戦とはね！」

その言葉を受けて、ハンニバルさんが狼狽の声をあげる。

「あ、アブラハムだと!?　お前たちは流浪の大魔術師……アブラハムを味方に引き入れていると言うのか？」

「ええ、そうですが？」

「ミミ殿……不味いですよ！　アブラハムは不味いです！」

「あ、アブラハムとは、それほどの男なのですか？」

「Sランク冒険者にして、人外の領域に到達したと言う男です。我々の戦闘力の常識が通用する相手ではありません！」

「ハンニバル様ほどの冒険者をもってして、そう言わせるほどに危険なのですか？」

ミミさんの言葉を受けて、ハンニバルさんは真顔で頷いた。

「危険なんてものじゃありませんよ！　既に我々の全滅は確定しているようなものです！　逃げる以外に手がありません！」

そんなハンニバルさんの言葉を聞いて、赤髪の男は高らかに笑い始めた。

「いやあ、アブラハムが席を外しているかと思いヒヤッとしましたが、人質を取るまでもありませんでしたねえ……はは、はは、はっはっは！」

良し。重力魔法で良い感じに二人の頭が下がったな。

あとは攻撃魔法をぶっ放すだけだ。　と、そこで赤髪の男は興に乗ったようで更に笑い声を大きなものにする。

「ははははは、はははははは――はっはっは！」

ええと……照準というか……高さは一メートル三十センチくらいで良いかな。

ってことで、大掃除を開始しますか。

「第四階梯：死神の鎌（デス・サイズ）」

そう呟くと、特大の死神の鎌が中空に出現した。

そして、ビュオンッと風切り音と共に　鎌が振るわれたのだ。

そのまま鎌からは斬撃の属性を持つ衝撃波が発生する。室内に広がっていく斬撃によって起きる現象は、至って単純明快だ。

つまりは、一メートル三十センチの高さの、全てのものを水平に切り裂かれていくと言うこと。

柱が斬れて、置時計が斬れて、椅子が斬れて、絵画が斬れた。それと同時に――

「なっ!?」

「ぎゃっ！」

「あびゃ？」

血と臓物をまき散らしながら、死神の鎌は男たちに死の宣告を告げていく。

そうして、ドサリドサリと床に死体が転がったのだった。

†

大広間には総数十を数える敵の躯(むくろ)が転がっている。

増援の気配もない。

これでこの部屋には奴隷として捕われた女性たちと俺たちだけになった。

「だ、だ……第四階梯？」

そう呟いたミミさんは半ば放心状態といったところか。

ハンニバルさんについても、汗を流して驚愕の表情を浮かべている。

まあ、第二階梯で凄いと言われる世界だ。ここについてはもう仕方がないな。

と、そこで我に返った様子のハンニバルさんがミミさんに問いかけた。

「あの……ミミ殿？　目標は達成したわけですが、これから屋敷の内部を探って他の奴隷も捜すのですか？」

「……」

が、しかし、ミミさんはショックから立ち直っていない。

返事もせずに心ここにあらずの上の空という感じだ。

「ミミ殿っ！」

パンッと音が鳴る。

ミミさんの耳の近くで、ハンニバルさんが猫騙しの要領で手を叩いて音を鳴らしたのだ。

軽い睡眠魔法であれば、これだけで治るんじゃないかという大きな音だった。

まあ、対処としては妥当だろう。

「あ……はい。率直に言うと、こちらとしては姫様が助かれば良いのです」

「そういうわけにもいかんでしょう？　気配から察するに、周囲にこれ以上に強力な警護はいないようですしね」

「……分かりました。気は進みませんが可能な限り奴隷を解放してあげましょう。危険がありそうなら即時撤退とします」

ハンニバルさんは満足げに大きく頷いた。

まあ、ハンニバルさんは犯罪行為そのものを憎んでいる。そこは譲れないラインではあるのだろう。

「ところでハンニバル様？　奴隷部屋の場所は分かるのでしょうか？　あまり時間はかけ

られませんよ？」

「いくつか部屋を見ることになりますが　十分はかからないですよ。先ほどの見取り図もありますしね」

二人の会話を聞いていて、疑問に思うところがあった。

要はここは高価な商品を扱う施設だ。特に希少な品の場合は、秘密の小部屋なんかに隠されていることもあるんじゃないだろうか？

屋敷内の様子は俺が事前に放っている魔法の目で大体分かる。が、隠し部屋なんてところまではケアできる保証はない。

せっかく助けるなら、取りこぼしはなしでいきたい。

「あの……」

「どうしたんだいイイジマ君？」

「それなら、この屋敷の連中に直接聞いた方が早くないですか？」

「直接聞くって言っても、敵は君たちが倒してしまったじゃないか？」

「いや、治療すれば喋(しゃべ)れそうなのが一人いるんですよ」

「治療？　とは言っても確かに全員……心臓が止まっているようだが？　私も一応はそれなりの冒険者だ。その程度はさすがに分かるぞ？」

逆に言うと、全員の心臓が止まっているというのは俺には分からない。その辺りは素直に凄いと思う。

と、俺は倒れている男の一人へと歩を進める。

この男は、俺の見立てで一番強い……というか、アリスの弾丸を食らってもすぐには倒れなかったんだよな。

オマケに、ついさっきまで痙攣していたし即死という感じでもなかった。

「どうする気なのだねイイジマ君？」

「自信はありませんが、少し試してみようかと」

蘇生魔法を使っても良かったが、アレは色々と使用者にデメリットもあるからな。

悪党を復活させるのに、そんなことをするのも馬鹿らしい。

で、今からやるこれについては、以前にガブリエルが言ってたんだよな。

実は即死でなければ、かなりの割合で回復魔法で蘇生できる場合があると。

肉体的な直接ダメージは回復魔法で即時に何とかなる。

問題になってくるのは、脳への酸素供給による劣化やら、アストラル体の定着割合やらなんやからかんやらで……まあ、色々とややこしいらしい。

で、色々と話をかいつまむと、心臓マッサージと考えてみれば理解できなくもない仕組みだった。

心臓マッサージによる蘇生でも色んな理由で時間制限がある。その話に符合する部分が多かったので、なるほどなぁ……と思ったもんだ。

ともかく、回復魔法で情報が得られるなら安いもんだ。ということで、俺は男に向けて掌を掲げた。

「第四階梯：力天使の祝福（パワーズ・ヒール）」

神聖を現す銀色の光が現れる。続けて、銀色の光に癒しの光である緑色が混ざっていく。

銀色に光り輝くエメラルドグリーンといった感じで、中々に美しく神々しい光景だ。

神々しい光に包まれているのが悪党というのは皮肉だが。

「イイジマ様は他にも第四階梯を扱えるのですかっ⁉」

ミミさんが再度驚いた様子を見せるが、軽く頷くだけの返事をしておく。

しかし、ミミさんは目を丸くして更に尋ねかけてきた。

「アリス様も凄い力を持っているようですし、貴方……いや、貴方様がたは一体全体……どこのどなた様ですのっ⁉」

説明も面倒だし困ったな。

そう思っていると、ここまで大体間違いのない対処をしてきたハンニバルさんが、やはりここでも的確な対処をしてくれた。

「ミミ殿。イイジマ君……いや、イイジマ殿が語らない以上はこちらから尋ねない方が良いのでしょう」

「ですがハンニバル様。ここまで見せられて、謎のままにできましょうか？」

「神じ……いや、この次元の方が我々に協力をしているだけで……それは有り得ない僥倖（ぎょうこう）なのです。それ以上は言わぬが花という奴ですよ」

今、神人という言葉がでかけたな。

どうやらハンニバルさんは、一連のアレコレで既に俺の素性の大体のところは察したらしい。

いや、しかし、この人がいてくれて良かったな。

ミミさんの質問攻めでも食らっていたら……。そう思うだけでうんざりしてしまう。

と、そこで俺は、状況が読み込めずに目をパチクリしている男に視線を向ける。

つまりは、それは俺の回復魔法で息を吹き返した男だ。

「こ、こ、これは？　貴様たちは一体……？」

蘇生成功を確認すると同時、俺は男にこう声をかけた。

「第四階梯：幸福の福音（ブレイン・ジャック）」

問答無用、ノータイムでの洗脳魔法だった。

普通に話を聞きだしても嘘をつかれる可能性もある。あるいは、外部に連絡される恐れもあるからな。

「さて、質問だ。お前の名前は何という？」

「わ、わ、わ、わわわ……わた……私……私の名前はアブラハムです」

アブラハムという言葉で、ハンニバルさんとミミさんの表情に戦慄が走った。

ああ、さっき赤髪の男が言ってたのは、こいつのことだったのか。

そうなってくると、一番の凄腕ってことで、知っている情報も多いだろうしやりやすい。

「あの……イイジマ様？」

「何でしょうかミミさん？」

「余計なことは聞きません。が、この魔法は私たちにも関係あることなのですよね？　この魔法は一体なんでしょうか……？」

「洗脳魔法ですよ。何でも言うことを聞くようになります。まあ、圧倒的な実力差がないと滅多にかからないんですが」

「つまり、イイジマ様はハンニバル様があれほど恐れていたアブラハムと……圧倒的実力差があると？」

ミミさんは引きつった笑みを浮かべた。

そして、そんなミミさんの肩をハンニバルさんが優しくポンと叩いた。

「ミミ殿……貴女にとってイイジマ殿は刺激が強すぎるようだ。もう、本当に何も聞かずに……ただ黙っていた方が良い」

ありがとうハンニバルさん。こっちもその方がやりやすい。

ってことで、情報源もゲットしたわけだ。

でも、俺も別にこの場にボランティアで来ているわけじゃないからな。

最初に聞くべきことは、捕まっている他の奴隷たちがどこにいるかではない。

懐から写真を取り出し、一番に優先して聞いておかなければいけないことから切り出した。

「この娘を知っているか？」

恵によく似た少女の写真をアブラハムに見せる。

「知っています」

ほとんど即答でアブラハムはそう答えたのだった。

†

――ルナ＝スミス。

アブラシルから少し離れた田舎町に育った少女だ。

天才魔法使い少女であるところの彼女は、魔法陣にどう見ても日本の漢字を使用してしまったんだよな。

で、そのことからプレイヤーの間で話題になってしまった。

と、ここまでは香織さんから事前に聞かされていた情報だった。

だが、さすがに誘拐の実行犯一味は更に詳細な情報を持っていた。

彼女は十歳までは活発で明るい女の子だったそうだ。

それが、十歳のある日、強く頭を打ち付けたことで突然性格が豹変（ひょうへん）してしまったという。

物静かで無口になり、ぼーっとしている時間が多くなったそうだ。

そうして、時々……変な発明や変な料理を作るようになり、それらが転じて最終的には今回の魔法陣のルーン文字の開発に至ると言う。

これが、アブラハムから抜き取った情報の要約だ。

†

森の広場。

アブラシルから歩いて半日の森の中に造った、急ごしらえのキャンプ場で俺は紅茶を一人で飲んでいた。

「うーん……」

朝焼けの中、チュンチュンとスズメの鳴き声をＢＧＭに、意識を思考に潜らせていく。

しかし、頭を強く打ってから、突然別人のように大人しくなったってか？

それから、色んな変なものを開発してって……。

昔、日本にいるころにそんな少女の物語を読んだことはある。

そこから導き出される推測はただ一つ。

――異世界転生だ。

異世界人として成長していく過程で、何かの拍子で自分が日本人としての前世を思い出したっていうパターンかな？

でも、恵は別に物静かな性格でもない。どっちかというと活発だ。

前世を思い出すにしても、明るい性格になることはあれど、物静かにはなりえないだろう。

それに「ぼーっ」としているところなんて、今まで一度も見たことがない。

そもそも、この世界をそういう系の物語に置き換えるのであれば、俺の場合はゲーム内集団転移って感じだし……。

「うーん……」

やはり、何度考えても答えは出てこない。

けれど、これはもう確定だ。件の少女は恵と何らかのつながりがある……そう断定しても良いだろう。

それはさておき、あの屋敷以降の彼女の行方だ。

アブラハムのいた屋敷に恵に似た子が捕らわれていた時点では、それはそれは丁重に扱われていたという。

高名な女魔術師に依頼し、処女であることを確認して処女紋……一目で分かる貞操帯のようなものをつけさせ、それどころかキスでも反応する淫行紋まで体に刻み込んだと言う。

つまりそれは、クソ野郎以外の誰かが手を出して、体表からそれが消えていたら、関係者は全員死亡するという警告でもある。

あまりにもやりすぎというか、異常な執着は感じるが——。

逆に言えば、アイツに手を出されるまでは恵に似た子の安全も保障されるということでもある。

「さて、どうしたもんかな」

どこかに連れていかれたという話でもあるし、ひょっとすれば既に手遅れになっているのかもしれない。

しかし、恵によく似た子は二週間近くも屋敷にいたらしい。

手を出すつもりなら、すぐにでも手を出していたとは思う。

とはいえ、危険な状況なことには変わりないわけだ。何をするにも、やはりアイツの所在が掴めないのが痛いな。

その辺りはケルベロスにも急ぎで任せているし、続報を待つしかないだろう。

「どうなされたのですか、イイジマ様？　とても険しい表情をしてらっしゃいますわよ？」

そう言いながら、ミミさんは俺の対面に座った。

紅茶も持参しているので、話をしにきたのだろう。

「いや、こちらの事情での考え事ですよ。少し立て込んでいましてね。気にしないでください」

「そうですか。ところで……イイジマ様？」

「はい、何でしょうか？」

「解放された者は帰ることができるのですよね？　それも翼人(ハーピィ)だけでなく全員が」

「ええ、そのための護衛も呼んでいますよ。ただ、護衛は一人しかいません。集団で帰る関係上……遠回りをさせてしまう方もいるので心苦しい限りです」

「いえいえ。イイジマ様が協力していただけるだけで僥倖の限りです。ところで、護衛というのはどういった方なのでしょうか？」

優雅な仕草でミミさんは紅茶のカップに口を付けた。

王族のガードということで、この人も国に帰れば良いところのお嬢さんなんだろうな。

まあ、口調からして明らかにお嬢さんっぽいんだけれども。

「ああ、そういえばお伝えしていませんでしたか？」

「ええ、聞いておりませんわ」

「北の方に住んでいる——イザベラさんという方なんですが」

それを言うと、ミミさんは呑んでた紅茶を勢いよく噴き出した。

ブーッという効果音がつきそうなほどに強烈な水圧だったが、すんでのところで俺から顔をそむけていた。

「だ、だ、大賢者様じゃないですか！　それって大賢者様じゃないですか！」

「そりゃあ今回の護衛は危険そうですからね。強そうな人にお願いしましたよ」

とはいえ、イザベラさんでもプレイヤーが出てきたら即ゲームオーバーだろうな。

あの人、確か第三階梯くらいまでしか使えないし。いや、第四階梯は使えたんだったか？

ちなみに、イザベラさんには危険も込みで伝えてお願いしている。

するると、彼女はイザナッハに住み込みで滞在させてくれるなら……という、そんな条件を返してきた。

何でも、イザナッハ内にある書庫に興味があるらしい。

「しかし、大賢者様に使いっぱしりのようなことをさせるとは……本当にイイジマ様はなんという御方なのですか？　いや、これは聞かない方が良いのでしたか……」

「使いっぱしりではないですけどね。先方には対価も約束していますし」

対価という言葉で、ミミさんの顔が曇り始める。

「でも、本当によろしいのでしょうか？」

「何がでしょうか？」

「私たちにはイイジマ様に返せるものが何もありません。恐らく、翼人（ハーピィ）の王城の……宝物庫を逆さにひっくり返しても、イイジマ様のような方にとって価値のある財宝は何もないでしょう」

「はは、そんなこと気にしなくていいですよ」

「いや、そういうわけにもいかないでしょう？」

と、そこで俺はニコリと笑った。

「そうですね、それでは……王女様は人間に攫われたけれど、王女様を助けたのも人間であったという事実。そこに加えて人間もそう捨てたもんじゃなかったって、そんなことを国でお伝えいただけますか？　人間にも色んな奴がいるって、そんな当たり前のことを伝えていただければ俺はそれで満足です」

亜人と人間は仲が悪いもんなぁ。

そこに一石を投じる形になれば、俺としてはこれほど嬉しいことはない。

ミミさん側が俺にお礼をするとして、魅力的な提案をできないのは事実だ。

かといって、解放奴隷を警護なしで故郷に帰すなんて、そんな見捨てるようなことをするわけにもいかない。

落としどころとしてはそんなところだろう。

「それはもちろんでございますわ！」

「ええ、それじゃあそれで貸し借りなしにしましょう」

「でも、それだけでは何というか……。財宝や金銭以外でも、もちろん後ほど可能な限りのお礼をいたします。が……絶対にそれだけでは足りないので、我々としてはそれ以外のお礼もしたいのですよ」

「それ以外のお礼？」

「ええと、イイジマ様が先ほどおっしゃっていたのは、要は文化的交流的な観点でございますよね？」

「そんなに大げさなものではありませんが、まあ……そうですね」

「でしたら、種族的交流と言いますか……そういうお礼はいかがでしょうか？」

「種族的交流ですか……？」

俺を人間の代表として城に招いて、お礼の宴でも開いてくれるのかな？

まあ、そういう話なら全然アリだな。もちろん、急務のアレコレが終わってからだけど。

「そういうことでしたら構いませんよ」

そう伝えると、ミミさんは嬉しそうに満面の笑みを浮かべた。

俺も大きく頷いて、紅茶のカップに口を付ける。

「でしたら、まずは初めに、私が夜伽のお相手をさせていただきたいのですっ！」

と、同時に、今度は俺の口から紅茶が勢い良く噴出された。

「ゴホ、ゴホ……ッ！」

いかん、気管に入った。

何度も何度も咳をしてから、絞り出すように俺は言った。

「突然、何を言い出すんですか⁉」

「これは我々にとっても価値のある提案なのでございますよ！」

「え？　え？　どういうことですか？」

「翼人族は、他種族から種を貰って生き残る種族なのです」

「男が生まれない種族がいるってのは確かに聞いたことはありますが……」

「故に、翼人族(ハーピィ)は――」

ミミさんはしばし押し黙る。

そして、彼女は大きく息を吸い込んで、一呼吸置いてからこう言った。

「――強き男の種を求めるのです！」

これは驚いた。

何に驚くって、そう言われてしまえば、論理的破綻も何もなく……まっとうなことを言っているように感じるのだ。

確かに、男が生まれないならそういうもんか。そう思わせるような、そんな謎の説得力はある。

「で、でも……でもですねミミさん？」

「はい、何でしょうか？」

「そういうことはやっぱり……何というか時間と愛を育んで自然な形でですね……」

「翼人(ハーピィ)は子宮でモノを考える種族なのです。いえ、男が生まれない種族は大体そうですね。ですので……そういう系統の種族は……キュンときちゃったら……そういうものなのです」

「そういうものなんですか……でも、やっぱり俺は……」

と、そこでミミさんは俺に対して艶っぽい上目遣いを作ってきた。

そうして、彼女は悲し気な顔でこう言ったのだ。

「それとも私のことは……嫌なのですか？」

全然嫌じゃないです。

思わずそう言いそうになったが、生憎と俺の倫理観は割とまともだ。

あと、はっきり言って、俺にそういう経験がないってのも大きい。こんなロマンティックもへったくれもないような感じで……押しに押されても正直困る。

「だから、そういう問題じゃなくてですね……何と言えば良いのかな……」

ともかく――。

先ほどまで、俺の強さや交友関係に慌てふためいていたミミさんだったが、今度は俺が慌てふためく番だった。

†

と、まあ――そんなこんなで翌日。

俺たちはアブラシルの街へと戻った。

一直線にアブラシルでの拠点としている宿屋に向かい、一室に腰を落ち着ける。

ちなみに、アリスは隣室で装備の点検中だ。

と、そこへガブリエルが声をかけてきた。

「よろしかったのでしょうか、シノブ様!」

「ん？　何の話だ？」

「ミミの誘いを断ったことです」

「誘いっつーと、夜伽の話か？」

勘弁してくれよとばかりに肩をすくめる。

が、どうにもガブリエルは真面目に言っているらしい。

「既にイザナッハのツクヨミを主導に――水面下では苛烈な戦いに入っております。妹君に似ている人物のこともあります。今林との直接対決は目と鼻の先かと」

「まあ、それはそうだが、それとこれに何の関係があるんだ？」

「失礼ですが……。その……死線を越える戦いに挑むのに、今のままで良いのかと思いますしてね」

「……？」

「筆おろしを我々が行えないというのは　心苦しいのですよ。アリスを使うと言う手段もありますが――」

「おっとそこまでだ。それ以上は何も言うな」

まあ、いつ死ぬか分からないってのはそのとおりだ。

童貞くらい捨てておけと言う話も分からんではない。

「殿方としては、それは大事な問題かと存じますが？」

「それはさておきさ。この前の香織さんと言い、今回のミミさんと言い……どうにも、急に俺にグイグイくる人間が増えているような気がするんだよな」

「その推察は適切かと思われます」

「まあ、俺だって健全な高校生なわけだ。そういうことに興味がないって言ったら……嘘にはなるけどさ」

「でしたら、経験は積める時に積んでしまえばよろしいのでは？」

「うーん……とはいえ、やっぱり『強い種が欲しい』とか、そんな下半身の論理全開で言われちゃうと引いちゃう部分ってあるんだよ」

「で、あれば――」との前置きで、ガブリエルは一呼吸置いた。

「香織さんなどはいかがでしょう？」

「だから、アレは冗談でやってんだろ？」

「……私は本気だと思いますが？」

「はは、そんなわけねーだろ？　あんな美人でなおかつ年上だぞ？　俺みたいなのを相手にするなんて、そんなことがマジであるわけ……」

「……」

ジッとガブリエルが俺を見据えてくるので、思わずドギマギしてしまう。

「マジかと思われます」

うーん、でも、本当のところはどうなんだろうな？

別に俺は年上が好みってわけではない。かといって、嫌ってわけでもない。

んでもって、香織さんはドエライ美人だ。もちろん、男のサガとして美人には弱い。

あと、俺は色んな意味でちゃんとしてる人が好みだ。その観点で言うと、香織さんは職業からしてちゃんとしてるな。警察官っていう職業に文句つけられる人間はそうはいないだろう。

あと、そういう相手の場合は人格や性格が一番大事だよなぁ……。そういう意味ではどうなんだろう？

まあ、これまでの感じでは、警察官が天職なんだろうなぁと思う程度には立派な人だと思う。

なんせ、こんな世界でもプレイヤーの横暴を止めるために色々頑張ってたみたいだし。

と、それはさておき。経済的なこともちゃんと考えないといけないな。

警察官ってキツイ仕事だけに、給料はそこそこ良いって話だ。そして、何よりも抜群の安定感、公務員だ。

が、大事なのは金の話だけじゃない。

俺は子供ができたら夫婦で協力して育てていきたいんだよな。

だから、夫婦共に職場が育児休暇が充実してるような職場が理想だ。ええと、確か、公務員ってのはそういうのは滅茶苦茶ちゃんとしてるって話で……。

あ、これヤバいな。

香織さんって、俺の理想にどストレートで当てはまってるぞ。

「と、ともかくだ！　俺はそういう話題はあんまり好きじゃないんだよ！」

「左様でございますか」

その時、ガブリエルの耳がピクリと動いた。

俺と同じく、ドアの外に気配を感じたからだろう。

「……ケルベロスか？」

「ええ、妹君の関連で情報収集に動いていたケルベロスが戻ったようです」

小さく頷くと、ガブリエルがパチリと指を鳴らす。

すると、子犬のスタイルではなく銀髪に黒甲冑——いかにも名のある美剣士という風のケルベロスが入ってきた。

ケルベロスに任せていた任務は単純だ。

あの屋敷にいた悪党の残りは全員洗脳してから連行し、現在はイザナッハの牢屋にぶちこんでいる。

で、ケルベロスにはその全員への尋問を任せていたというわけだ。

「で、どうだった……ケルベロス？」

「二週間後のオークションで競りに出されるようです。屋敷の主人の情報なので間違いないでしょう」

「オークションだと？　説明を詳しく頼む」

「《憂国の獅子》の威信にかけて開催される、世界各国の重鎮が集まる裏オークション会場ですね。無論、他の五大ギルドの長も参加する予定です。ああ、香織さんについては今回は除かれているようですが」

「いや、恵に似た子はクソ野郎に献上されるために誘拐されたんだろう？　何だってオークションなんかに出されるんだ？」

「屋敷で管理されていた時も特別仕様でしたし……内外に向けて知らしめたいんじゃないでしょうか？　例えば法外な値段で落札するなどしてね」

つまり『俺の好みはこんな子だからそこんところヨロシク』とか、そんな感じの話か？

一笑に付そうとした。が、ありえそうなだけに笑えない。

なんせ、あのクソ野郎は俺のプレイヤーデータを消去した上で、廃課金でのランキングを見せてきて自慢するような男だ。

　はっきり言わずとも子供じみた……いや、クレイジーと言っていいほどに頭がぶっ飛んでいる。

　例えば、今後、恵……いや、厳密にいうのであれば俺の母親に似ている子を見つければ自分に献上するようにと……そういう狙いもあるのかもしれない。

　あるいは、恵に似た可愛い子を見つけても、性的な意味で手を出すなってところか？

　ともかく、気持ち悪いことこの上ないな。

　恵の系統の顔立ちでハーレムでも作るつもりなのかと、背筋が凍り付きそうになる。

「まあ、確かに朗報だ。オークションの際には処女紋なんかは当然残しているわけだろ？」

「はい。少なくとも、その時点までは身の安全は確保されたと言えるかと思われます」

　よし、心配事が一つ減ったな。

　しかし、逆にタイムリミットは区切られたわけだから、色々と急ぐ必要が出てきたな。

「ツクヨミにはアレコレ働いてもらうことになって申し訳ないな」

「いや、これからは我等も本格的に参加するわけですし、お気になさることはないかと」

「で――、そのオークションには今林は出るのか？」

「妹君の屋敷内での特別待遇についてアレコレ指示を出した特別な人間……神々の王が妹

君を直接落札するとは、屋敷の主人の談です。五大ギルドの長が参加するという話も合わせて考えるに間違いないかと」

よし……。二週間後のアイツの所在も確認できた。

これで、アイツを叩き潰すのに必要な情報は全て集まったな。

「……忍様」

「どうしたんだガブリエル？」

尋ねると、ガブリエルが向こうのテーブルの上にある水晶玉を指し示した。

「香織さんから通信のようです」

「香織さんから？」

安否確認を兼ねた定期連絡は昨日もしたはずだ。

となると、緊急の用事ということだろうか？

嫌な予感と共にテーブルに移動して、魔力を込める。すると、いつもの通りに香織さんの顔が水晶玉から映し出された。

「香織さん？　急にどうしたんですか？」

「忍君。バッドニュースだ」

急な連絡ってのは悪い知らせの方が多いのは世の常だ。

予想はしていたので、さほどの驚きもない。

「何が起きたんですか？」

「……今林さんからの通信がこちらに入ったんだ。君と話をしたいとの要望を受けている」

　さて、これは驚いた。

　俺はその場で心を落ち着かせるため、深呼吸を始めたのだった。

「遅いですね」

「ああ、もう約束の時間を十分も過ぎている」

水晶玉の向こう側からでも、香織さんの苛立ちが嫌というほどに伝わってくる。

現在、俺の眼前には水晶玉が二つある。

一つは香織さんにつながっていて、もう一つはクソ野郎につながる予定のものだ。

元々、ギルドマスター同士は回線を持っているんだが、生憎と俺は持ってはいない。

香織さんの水晶玉からの波長を合わせて同時通信を可能にするって話だが、理屈についてはぶっちゃけよく分からない。

まあ、それはともかく――。

聞けば、アイツとの会談の時刻は二十分後ということだったので、そのまま待たせてもらっているのが現状だ。

が、香織さんの言葉通りに、クソ野郎は十分を過ぎても現れない。

と、いうか、いつまで経っても水晶玉に奴の姿が映し出されない。

と、そこで、今林が映し出される予定の水晶玉の表面に光が走った。

ザザザッと壊れたテレビの画面のような砂嵐が走る。

すると、向こう側の映像が映り始めた。

徐々に形作られていく映像。はたして、そこには両サイドに甲冑の騎士を立たせ、玉座の間に座るクソ野郎の姿があったのだ。

「時間に遅れた上で玉座だと？　王様気取りかよ、今林」

呆れ笑いと共にそう言うと、クソ野郎はニヤリと笑った。

「事実、王だからな」

悪びれもせずにそう言った男は、日本にいた頃と何も変わらない尊大な態度だった。

しかし——。

時間に遅れたのも、計算の上だろうってあたりが余計に憎らしいな。

地球の外交でも、どちらが上かを分からせるために、わざと少しだけ遅れてきたりすることがあるらしい。

ともあれ、こいつは自分の優位を示したいというところだろう。

「で、何なんだよ？　俺はお前と話をすることなんてないんだが？」

こんなサイコパスと世間話をするつもりはない。

とっとと用件を聞き終えて、撤収するのが吉だ。

それと、口調もわざと敬語を使ってない。どちらかが上かなんていう、そんなくだらないノリに付き合う気は毛頭ない。

そこは姿勢として、最初に見せておかないとな。

「俺に対して今林だと？　いつからお前はそんなに偉くなったんだ？」

「お前に対して敬意を示さないって、この世界に来る直前に決めたもんでな。で、話ってのは何なんだよ？」

「アブラシルの奴隷解放の件だ」

さて、どう返答するべきか？

しばしの沈黙の後、俺は声色に敢えて少しの動揺を交ぜてこう言った。

「知っていたのか？　さすがに俺の実の父親を嵌めた手腕は健在のようだな」

そう言うと、クソ野郎は薄ら笑いを醜悪な笑みに変えて、手を叩いて笑い始めた。

「ああ、アレな！　あの時は銀行に裏から手を回してケッサクだったな！」

はっはっは！　と、満足げにクソ野郎は高笑いを始める。

「ともかく、忍よ。お前の行動など筒抜けなんだよ」

「……それで？　自分の庭先で暴れまわるなとでも言いたいのか？」

そう尋ねると、今までクソ野郎に張り付いていた笑みが消えた。

そしてクソ野郎は子供を諭すような口調に変えて、優しい声色でこう言ったのだ。

「なあ、忍よ？　ここらで手打ちにしないか？」

「手打ち……だと？」

突然の提案に、俺の声色に今度は演技ではなく本心からの動揺の色が交ざった。

「確かに俺たちには色々あった。俺はお前を殺そうと思っていたし、そこの篠塚も攫う予定だった。その結果、こちらから仕掛けたのも知っての通りだ」

「で、お前は返り討ちにあったわけだよな？」

「ああ、それでお前がアブラシルの街で動いていた理由は、俺たちの所在を突き止めるということだよな？」

「……」

「隠さなくてもいいさ。全てこちらに筒抜けだと言っただろ？　まあ、お前は俺たちに不意打ちの急襲でも仕掛けようとしていたわけだ。俺はそこまで分かっているんだからな」

「……何が言いたい？」

「この世界では四百年に亘（わた）って五大ギルドの統治の下、均衡と安定の状態に入っていたんだよ。そして、しばらく後にこの世界の安定を崩す大変革が起きる。それは知っているな？」

「ああ、アガルタイベントだな」

クソ野郎の言葉に同意するように、大きく頷いた。

「そのとおりだ。大規模アップデートがこの世界でも適用され、レベルキャップの緩和、新規の第六階梯魔法、そして新スキルや新装備を始めとして……戦力分布が一気に塗り替わるわけだ」

「で、結局お前は何が言いたいんだ？」

「五大ギルドの全てがアガルタに備え、一定のルールの下で準備をしている。俺としても《憂国の獅子》の猛者たち……アガルタへのアタックメンバーたちにプレイヤーロストが発生すると困るんだよ。認めたくはないがお前と揉めると……確かにこちらも損耗する」

「お前に対する攻撃を止めるにしても、こちらにメリットがあるようには見えないんだがな？」

「強がるなよ忍。全てが筒抜けだとさっきから言っているだろう？　その余裕の表情──その理由も俺は知っているんだ」

「……何？」

「お前は潜れるのだろう？　アガルタにな」

「……どうしてそれを知っている？」

「答えは簡単だ。俺たちも潜れるからだよ」

こっちは水鏡から聞いていたからそれは知ってるが、まさか自分からバラしてくるとは思わなかった。

「なるほど、条件は同等ってわけか」

「そして、こちらにあってお前にはないモノ。それはさっきから言っているプレイヤーの数の力だ」

「……」

「戦ってみるか？　お前と同じくアガルタの力を得た強者たちとな」

「……」

「以前にお前が返り討ちにしたのはただのレベル99プレイヤーだ。詳細は明かせないが、俺たちはアガルタの力を手に入れ、レベルキャップまで外した人間が十人以上は存在している」

「レベルキャップを外した人間が十人だと……？」

「冷静に考えてみるが良い。他のギルドも俺の味方だし、勝ち目のある戦いに見えるか？今の俺とお前ではそれほどに差があるんだよ」

クソッとばかりに俺は舌打ちをする。

そして首を左右に振ってからクソ野郎に尋ねた。

「……それで？」

「俺が求めているのは、アガルタイベント後の世界の完全掌握だ。アガルタの鍵の関係で今はその程度の人数しかいないが……アガルタイベントを最速攻略し、他のギルドの面々を全てアガルタから追い出し、その力を独占する予定だ」

なるほど。

まあ、目的はそんなところだと思っていた。

が、実際にそんな世界になってしまうと、それはもう現地民だけはなくプレイヤーにとっても……。

こいつ以外の全人類にとって、もはや悪夢以外の何物でもないだろう。

「つまり、お前はここで俺とぶつかって、後にアガルタの力を与える予定のレベル99の兵隊……その人数を無駄に減らしたくないし？」

「そういうことだ。それにお前に対するメリットもきちんと用意しているぞ」

ピクリと俺の耳が動く。

確かにクソ野郎の話を満額に受け止めると、今の俺に勝ち目はない。

メリットとやらは聞いておいて損はないだろう。

「……話を聞こうか？」

「最低限のソロバンは弾ける(はじ)ようで、こちらとしては非常に助かるよ」

パチリと指を鳴らすと、両脇の甲冑騎士の一人が今林に巻物を差し出した。

どうやら、ドラゴンの皮か何かでできたスクロールらしい。

「血印の契約紋だ。これによる約束であればプレイヤーですらも縛られるのは知っての通りだな」

確かにあの血印の契約書であれば、プレイヤーの行動を縛ることができる。

ゲーム内で使うシーンとしては……プレイ時に店で借金する際に必要になったりするわけだ。

ゲーム内での借金という概念は、特定条件で収支がマイナスになった時に発生する救済的なシロモノである。

例えば、無一文で死亡した場合、教会による蘇生費用が足らないとか……そういう時に所持金をマイナスにするために使われるものだな。

デメリットとしては、金を稼いだ瞬間に強制的に支払いが行われて手元には何も残らないと、そんな感じだったか。

無論、借金はプレイヤーでも解除できない。

仮に、アリスを奴隷から解放する時に、もしもこれが使われていたらアウトだった。

ただ、材料に必要なのが龍の皮ってなもんで、普通の取引で使われることはまずない。

「香織さん、血印の契約書って……」

「……昔、色んな人が実験したが、ゲーム内でも絶対の効果だ。応用は色々利いて、契約内容も多岐にわたり、約束を破ろうとしても意志とは無関係に、強制的に契約は実行されることになる」

確認が取れたので、クソ野郎に視線を移す。

「それで、何を契約しようってんだ？」

「お前たちには手を出さない。正式に約束しよう」

大上段から切り込まれてしまった。

絶対的有利な戦力を持っているこいつが、俺に対するメリットとして差し出すには十分だ。

「……まさかだったよ。まともな提案を出してくるとは思わなかった」

「まあ、個人的な感情よりも優先すべきことがあるということだ」

「優先すべきことってのは何の話だ？」

「俺はこの世界の全てを手中に収め、五人ギルドの内の一つの長などではなく——真の王になりたいのだよ。そのためには、お前とのこれまでのことなど些細な問題に過ぎないのだ」

「一つ聞きたいんだが……恵はどうなる！　ここを何とかしない限り、俺は絶対に折れないぞ？」

「それについても、もちろん血印契約で約束しよう」

香織さんと目を合わせる。

すると渋面ながらも、香織さんは頷いた。

「忍君、先ほどの話からすると、正面からぶつかっても勝ち目が薄いと私も思う」

「そうですね……」

一呼吸置き、しばしの熟考の後に言葉を続ける。

「俺もそう思います、香織さん」

しばし香織さんと見つめ合う。

重苦しい空気が流れた後、俺は再度クソ野郎に向き直った。

「即答はできない。しかし……前向きに検討する……いや……」

瞼(まぶた)を閉じ、大きく首を左右に振る。

そして、悔(くや)し気な声色と共に俺は言った。

「……今林さん。検討させてもらっても構わないですか？　少しで良いので……時間が欲しいです」

「二週間後に五大ギルドが集まるイベントがある。そこで俺とお前の友好関係を知らしめたい。それまでに決意してくれるなら……なんら問題はないよ」

そう言うと、クソ野郎は満足げにニタリと笑った。

それはさながら――獲物を一撃で仕留めたハンターが浮かべるような笑みだった。

サイド：今林歩(あゆむ)

アガルタ第一階層に陣取ったベースキャンプ。

かつてのラムシカ王家の野戦資材を改造した天幕の中で、側近の村山(むらやま)は呆れ声でこう言った。

「しかし……やっぱり無茶苦茶ですね、今林さんは」

「クレバーと呼んでもらいたいがな」

もう一人の甲冑騎士を『外に行け』と手で追い払いながら、俺は「カッカ」と上機嫌に笑った。

しかし、やはり中世ヨーロッパ風の世界観というのは、俺によく合っている。

野戦の現場に玉座の間を持ってくるとか、現代日本の価値観ではどうかしてるとしか思えないからな。

だが、それでこそ王たる俺にふさわしい。

「血印契約って言っても、アガルタ第八階層で無効にできるスキルが手に入ったわけですよね？」

アガルタ攻略はある程度ゲームを進めたプレイヤー用だからな。

通常、そのレベルのプレイヤーは莫大なゲーム内通貨の貯蓄を持っている。

所持金がマイナスなんて、そんなプレイヤーはいるわけがない。

故に、お遊び要素の一環として、そのスキルが実装されたのだろう。

借金返済の際に、通常であれば金を得ればマイナスの残高が強制的に減るだけだ。

が、ここに自分の意志が介入できるようになる。

つまりは、借金を踏み倒しますか？　という選択肢を選べるようになるわけだ。

そうして、それを選んだ時点で、契約の魔神が現れて不届き者を制裁する……と、そういう名目で特殊バトルイベントが起きるのだ。

魔神の力量はそこまでではない。ここで大事なのは、このことを知っているのが俺だけということだ。

俺だけがそれを知っているという特性上、周知されるまでは血印契約での詐欺はやりたい放題ということになる。

「はは、何が悲しくて、忍と休戦協定を結ばなければならんのだ？　それも永遠の期間になるのだぞ？」

「しかし、本当に外道というか何と言うか……」

「オマケに恵に手を出すなって、それこそ有り得ないだろうが？」

俺の人生はアレ等の母親に捧げたようなものだった。

最悪とも言える運命の悪戯（いたずら）のせいで、一人は結ばれることはなかった。

が、神は俺に恵という贈り物を授けてくれたのだ。ならば、それを有効活用しないのは神に対する冒瀆（ぼうとく）ともいえよう。

「とはいえ、本当にお見事ですね」

「アガルタ攻略のアドバンテージがあるとは言え、俺たちは他の五大ギルドとはギクシャクしているし、これ以上……忍に好き勝手されると面倒だからな」

「ええ、我々の攻略隊は深層域に出ずっぱりですし、外にいる戦力だけでは心もとないというのも事実でしたから」

「連中を外に出すにしても、再度ここに派遣するにはアガルタの鍵が必要になってくるしな。アガルタの鍵の数は、レベルキャップ解除組を呼び戻すためのものを除いて常に枯渇しているが、これから時間経過で手に入る鍵は、イコールでレベルキャップを外した兵隊の数になるわけだ。無駄遣いはできん」

「まあ、口八丁で資源のロスなくやり過ごすのはクレバーですよね」

「ともかく、これで厄介ごとは終了だ。俺たちはこのままアガルタで牙を磨けば良い。忍もアガルタには潜れるようだが、こちらとは人数が違う……物の数ではないよ」

「で、忍が後で契約が嘘だと分かって慌てた時には……」

村山の言葉に、満足げに俺は頷いた。

「そう、時既に遅しだ」

「本当に酷い人だ」

「まあ、終わってしまった話だが、忍が俺に一泡吹かせる可能性があるとすれば、やはり《憂国の獅子》の本拠地を突き止めて強襲することだったろうな。そこでレベル99の連中相手にほどほどに勝利を治めて、更に他の四大ギルドの連中に対しての評価を上げれば……その芽は出てくる。奴が狙っていたのもそれだろう」

「四大ギルドに自分の力を見せつけた上で、切り崩し工作をやって味方につけるってことですね？」

「そういうことだ。まあ実際には他にも方法はあったんだがな」

「他の方法とおっしゃいますと？」

「直接、他のギルドに出向いての切り崩し工作だよ。一人で二十人からのレベル99を倒したんだぞ？　そりゃあ、他のギルドの連中からすれば脅威だ。話の持っていきかた次第では、俺たちを孤立させることもできたろうよ」

「……なるほど」

「だが、奴はまずは俺たちの所在地の確定に動いたわけだ。本人は上手く隠れて動いているようだったが、アブラシルで連日第六階梯召喚獣の存在も確認されているし、アレは忍で間違いないだろう」

「さすがに四大ギルド全部を味方につけた忍が相手だと、レベルキャップを外した攻略チームを使っても……まあ、我々も危ういですからね」

「実際、召喚士ソロプレイでパーティー相手にやりあえるという奴の特性もあるしな。その力を他のギルドに見せつければ、味方に引き込むことも難しくはない。それに……」

「それに？」

「アガルタイベントは、全ギルドが他ギルドを出し抜こうと準備している案件だろ？」

「はい、そりゃあもうどこも血眼でしょうよ」

「そこに忍というアガルタの力を持った実例が現れると、疑心暗鬼を煽るのは簡単なんだよ」

はてな？　とばかりに村山の表情はクエスチョンに埋まる。

「どういうことでしょうか？」

「前回、篠塚のところにポンと二十人もウチはレベル99を送ったろ？　これって他のギルドから見るとどう映る？」

「……パワーレベリングを疑いますね」

「それだったらまだ良いが、ウチは他を出し抜くためにフレンドリストのバグを使って死亡者が出てないことになってる。無茶なレベリングをしているはずなのに、死亡者も出てない……こんな怪しいことあるか？」

「確かに、めっちゃ怪しいですよね」

「で、そこで忍という実例がいるわけだ。つまりはアガルタの力を今のラヴィータの世界でも使える方法はあるってな」

　と、そこで村山は「あ……っ！」と声を上げた。

「それ、他のギルドからすると滅茶苦茶不味いですよね？　ウチが何かやってんじゃないかってなりますよ！」

「ま、実際やってることなんだけどな。そうなってくると、危機感を煽って連合組んでウチを袋叩きにするって話にはもっていきやすいんだよ」

「と、なると……結構危ない状況ではあったんですね」

「まあ、そうなればこちらもアガルタのアタック隊を呼び戻して、他ギルドに力を見せつけてはいたがな。そこからの恫喝外交で裏切りを防ぐことになるんだが……それでもかなり厳しい状況ではあったんじゃないかと思うぞ」

「いやはや、今林さんって色々考えてるんですねぇ……」

「だが、所詮はガキの浅知恵だ。五大ギルドの切り崩し工作に使うべき貴重な時間を、俺の支配下の街で奴隷解放なんかにいそしんでいたんだからな」

　ともかく、今はアガルタ攻略だ。

　アガルタへの鍵は時間経過でしか手に入らない有限アイテムだ。

そうである以上、一度ここに来てしまったからには、やるべきことは無数にある。

まあ、恵によく似た少女の写真を見てから……いてもたってもいられない気持ちなのは事実だ。

が、さすがにここはアガルタを優先させるべきなのは当たり前の話。

「それで、忍との血印契約の場所についてはどうしましょうか？　恐らく数日中に了承の返事が来ると思いますが」

「さっきも言ったとおり、他の五大ギルドも集まる場所が一番都合が良い。二週間後のオークション会場を指定しろ。もちろん、篠塚も招待するんだぞ」

そう告げると、俺は玉座から立ち上がった。

神楽からの報告によると、レベルキャップを外すのに必要な第七階層のボスについては、安全な攻略法が確立されたと言う話だ。

「さて、まずはレベルキャップから外させてもらおうか」

そうして俺はゆっくりと歩を進め始めたのだった。

サイド：飯島忍

水晶玉に映るクソ野郎の顔を見ながら、俺は取り繕ったような丁寧な声で応じる。

「今林さん。検討のお時間頂けると言うことで助かりました。ありがとうございます」

「まあ、選択の余地はないとは思うが、前向きに熟考してくれ。それじゃあな、忍。ああ、それと……」

「何でしょうか？」

「お前の口調だが、そちらの口の利き方の方が俺の好みだ」

「……そうですか。ありがとうございます」

「はは、さすがに俺の育て方が良かったということだな。それじゃあな」

その言葉と同時、プツリとクソ野郎の映像が消えた。

既に何も映っていない水晶玉を眺め、俺は深いため息をついた。

と、そこから一分程度経過したところで、俺はアリスに向けて目くばせをした。

頷いたアリスはアイツの映っていた水晶玉を回収し、隣室へと向かっていく。

パタリとドアの閉じる音が聞こえたところで、今度は香織さんに目くばせをした。

「ええと、香織さん。もう大丈夫でしょうか？」

「問題ない。今林さんの通信リンクは完全に閉じているし、この回線以外のありとあらゆる通信遮断は利いている。以降の会話は連中の与り知るところではない」

ってことなら問題ないな。

と、コホンと咳ばらいをしてから俺は口を開いた。

「さて、始めましょうか」

俺の言葉で、香織さんは大きく頷いた。

「で、今の話を忍君はどう思った？」

「とりあえず、今の話に乗る気はありませんよ。まあ、乗ったフリはしますが……こんなものは間違いなく破滅への片道切符です」

ニヤリと俺は笑みを浮かべた。

しかし、本当にアイツは見事に想定通りに動いてくれるな。

そもそも、俺がアブラシルで暗躍していたことを、連中が知らないわけがないんだ。

アレの性格上、他人が自分の掌の上と思った瞬間、確実に調子に乗って油断する。

ここのところは子供の時から一緒に過ごしてきた俺が言うんだから間違いない。

確かにバレないように色々と工作はした。

が、本当に秘密裏に行動をするのなら、こっちもあんなツッコミどころ満載の行動はしないしな。

クソ野郎がそこまでの馬鹿ではないという前提で「こそこそしている俺の行動を相手側が見抜いた」と、そう確信する状況を作りたかったわけだが……予定通りだ。

「しかし、君は本当に我慢強いな。君の実の父親の話の時……今林さん笑ってただろう？　第三者の私ですら殴り飛ばしたくなったというのに……」

確かに——。

最後には人が首を吊ったって言うのに、どうしてこいつは楽し気に笑えるんだろう。

そう思ったし、事実として腸は煮えくり返っていた。

「父さんの受けた苦しみの報いは、息子の俺がキッチリと取ります。そのために必要なことだったら、俺は今林の靴ですら舐めますよ。で、香織さんにお願いしていた件ですが……」

「ああ、聖教会を牛耳る《龍の咆哮》とは、既に秘密裏に話はできている」

「今林は香織さんの《暁の旅団》を除く五大ギルドとの同盟について、自信があるようなことを言っていましたが……」

「内実はガタガタだ。レベル99が二十人も返り討ちで死亡するなんて、前代未聞の出来事だからな。今林さんが《暁の旅団》を襲ったことについても、他のギルドにとっては『次は我が身』だし、そもそもあの時に派遣したレベル99の数が多すぎる」

「どう考えても、今林は急速なレベリングで力をつけてるってことですからね」

「で……《龍の咆哮》としても、今林さんを共通の脅威と感じてくれているようだ。元々、今林さんが無茶苦茶やるのはみんなが知っているとおりだしな」

「それで、肝心なところを聞きますけど《龍の咆哮》は信用できるんですか?」

「話が通用する連中ではあるな。昔から私と今林さんの間で中立の立場を取っていた連中……そう言えばいくらか分かるだろうか?」

結局のところ、奴のアドバンテージは俺と同じくアガルタに潜れることだ。

それに加えて、香織さんのギルド以外がアイツの側についていること。

なので、まずはそこを切り崩すことが肝要。

そこは俺も分かっていて、香織さんのルートから色々と辿ってもらっていた。

が、最初に聞いていた通りにはなるんだが、やはり引き込めそうなのは《龍の咆哮》くらいという話だった。

「それじゃあ今林との直接対決は、二週間後のオークション会場ということになりますかね?」

「ああ、連中がアガルタの力を独占する前……今、この時に決着をつける必要があるからな」

「そうなってしまえば、文字通りに終わりですからね」

と、そこで香織さんは「申し訳ないのだが……」との前置きで、言葉を投げかけてきた。

「さっきも言ったが《龍の咆哮》との話し合いの結果、協力について前向きな姿勢は見せてくれたが、条件を出されたのだよ」

「……条件？　それは何でしょうか？」

「現在、聖教会の支配圏内で、ちょっとした問題が起きていてな」

厄介ごとは面倒だな。

そう思ってると、香織さんは小さく頷いた。

「と、言うのも聖教会内でドロップダンジョンができてしまってな」

「ドロップダンジョン？」

「ゲーム内で日替わりであったアレだよ。この世界では稀にしか出現しないのだが」

そういえば、そういうのもあったな。

サービス開始当初は、ゲーム内通貨や素材が良効率で手に入ったりして有用だったんだよな。日替わり限定ダンジョン。

けど、諸々のインフレについてこれずに、途中からイベントを普通に回す方が報酬が美味くなったダンジョンだ。

最終的にはアレを日課で回している人はいなくなったんじゃないか……？

ゲームのフィールド画面には表記はあるものの、いつの間にか誰の視界にも入らなくなった。

そんな悲しい存在だったと記憶している。

「色んな難易度で出てくるのだが、今回の推奨難易度はレベル70相当くらいかな？」

「70ですか。そういえば、難易度レベル70以上のドロップダンジョンは、運営が更新してないですよね」

「そうだ。それでこの世界でのドロップダンジョンは……ただ高難度モンスターを吐き出すだけの無用の長物となってしまってね」

「話が読めてきましたよ。つまりはその処理を《暁の旅団》に押し付けてきたと？」

「いいや、違うよ。あくまでも協力依頼だ。共に血を流す覚悟があるか否かの最終確認ということらしい。互いに最小限の人員でリスク管理の下で攻略に向かうらしいんだ」

はてな？　と、頭の中がクエスチョンで埋まる。

推奨レベル70程度であれば、普通は問題なく攻略できる。

が、不測の事態が連続すると、レベル99でも死亡の憂き目にあう可能性はなくはない。

そういう難易度だ。

その意味ではリスク管理というのは分かる。

「……リスク管理？　死人を出したくないってことなら、むしろ大人数の方が都合が良いのでは？」

「いや、ドロップダンジョンでは稀に事故が起きるんだよ。だからこそ、私たちは出現の度に頭を痛めているんだ。そして、最小人員での突入も合理的な定石でもある」

「……事故？　どういうことでしょうか？」

そうして、香織さんはため息と共に言葉を続けた。

「ブラックドロップ現象だ。我々《暁の旅団》では、過去に一度十名の犠牲者を出している。故に、ドロップダンジョンは共に血を流す覚悟を試すには最適なのだ」

香織さんの話を要約すると――。

年も取らずに、神に等しき力を得たプレイヤー達。彼らが何よりも恐れるのは何か？

それは死亡という二文字だ。

これが数千年や一万年となると、生きることに飽きるというようなこともあるかもしれない。

が、まだ四百年そこらだからな。不老で他よりも長く生きているだけに、逆に生に対する執着は強い。

そしてこの世界に低レベル帯で転移してきた人間が、レベリングに消極的なのもこれが理由だ。

とはいえ、レベリングについては、現地民が対抗不能になるレベル50くらいまでは上げている人がほとんどとのことだけど。

それにしたって、安全マージンをマシマシにとって、チマチマチマチマやっていたらしい。

　更に言えば、転移した直後から示唆されているアガルタイベントのこともある。そして、帰る手段としてのクランコイン景品も匂わせている。

　それを心待ちにして、何が何でも生き残ろうとするのは道理とも言えよう。

　しかし、ブラックドロップ現象……か。

　実は俺にはこれに心当たりがある。昔　噂のレベルで一時期ネット掲示板をにぎわせていたことがあるんだよな。

　ゲーム内では、日替わりドロップダンジョンはフィールド上に白く輝いている。

　そして、ある日とあるプレイヤーがドロップダンジョンに向かうべくタップした瞬間に……とんでもないことが起きたらしい。

　時刻は明け方四時前だ。突然、文字化けが画面を埋め尽くし、見たこともないバグった世界が現れたんだそうな。

　で、データ化けの廃墟のような場所で、ゴースト系のモンスターが大量に湧いていたらしい。そうして、プレイヤーは怖くなってゲームを強制終了したというお話だ。

　まあ、この話にはオチがある。

　明け方四時前という時間は、日毎の定期メンテナンスの直前時刻だったんだよな。

　極めつけに、次のイベントがゴースト系のモンスターのイベントだった。だから、「バグった画面って言ってるけど、それって普通にデータ切り替え時のバグじゃね？　モンスターもバグってデータが先取りされただけじゃ……？」と……綺麗に落ちが付いて終わったわけだ。

実際に、このしょうもないオチが真相なんだろう。

けど、この世界では、そのバグが起きた瞬間に笑えないことが起きた。

香織さん曰く『俺たちが転移する前の最新イベントのモンスターデータ』が引用されたらしい。

間が悪いことに、そのイベントは鬼畜仕様だったという話なのだ。

で、油断していたダンジョンアタック隊は、即死魔法や即死スキルを持つモンスターからの即死コンボを食らってほとんどが全滅。

ほうほうのていで逃げ帰った数名が顛末(てんまつ)を語り、それ以降、ドロップダンジョンはプレイヤー達の間で恐怖の代名詞となったという。

当然ながら、バグが起きる確率は非常に低い。

ほとんどの場合は大丈夫なんだけど、命がけの可能性があるというだけで、プレイヤーたちには禁忌なのだ。

「なるほど、大体の事情は分かりました」

「確率は低いのだが、どれだけ報酬を積んでもやりたがる者がいなくてな。毎回、ギルド内では押し付け合いで頭を悩ましているよ」

「たとえ百分の一以下でも死ぬ危険性があるとしたら……そりゃあまあ全力で拒否するでしょうね」

「故に、それに参加することが同盟に対する覚悟の証明にもなるわけだな」

「要はブラックドロップ現象が起きた時の切り札ってことですよね？　確かに今の俺のレベルなら、即死対策を固めれば死ぬことはまずないでしょう」

「無論、私も同行させてもらう」

「……俺だけで行くのは不味いんですか？」

「覚悟を示せと言われているのに、私が行かないのは不味いだろう？」

まあ、それは確かにそうか。

俺としては香織さんに危険な目には遭ってもらいたくないんだけど、ここは仕方ない。

「それでだなシノブ君。ダンジョン内で一つお願いがあるのだが」

「お願い……？」

「ブラックドロップ現象が起きた場合は別にして、普通のダンジョンなら危険はない。その場合は忍君はただのレベル99のプレーヤーとして振る舞ってほしいのだ」

「話が読めませんが……どういうことでしょうか？」

そう伝えると、香織さんは儚げな表情を作った。

そして、強い意志と共に俺をジッと見据えてきた。

「最初に言っておくが、これはただの私のワガママだ。要は……私は人間を信じたいのだよ」

何が言いたいのだろうか？

そう思うが、香織さんの真剣な表情を受けて、俺も神妙な面持ちを作って黙って聞くに徹する。

「今回の同盟の根っこのところは、今林さんの悪逆非道に対する反感が原因だ」

「はい、そういう話でしたね」

「君が間近で彼らに力を見せてしまえば、それは彼らが君の力に目がくらんで同盟を結んだということになると思うんだ。馬鹿なこだわりかもしれないのだが、武力を背景にした恫喝ではなく、私は《龍の咆哮》とは人間として対等に話がしたい。彼らであればそれが通じると思うし、私にとってそれは重要なことなのだよ」

真っ直ぐな瞳がキラキラと眩しいな。

まあ、綺麗ごとだとは思うけど、逆にそういうのが心地良い。

「分かりました。その方向でいきましょう」

そう告げると、香織さんは満足げに頷いた。

そして彼女は、何やら視線を落としてモジモジしはじめたのだ。

「それとな……忍君？　話を急に変えてすまないが、君はどう思っているのだ？　そろそろ答えを聞かせてくれないか？」

香織さんは頬を染めてそう言った。

上目遣いの艶っぽい視線でそう言われてしまったからには、何の話か察しがつかない方がおかしいだろう。

「……今、その話をするんですか？」

「全力でアピールしているのだぞ……これでもな」

「ははは、本当に冗談はやめてくださいよ。それじゃあ俺はこれで失礼します」

いつものように曖昧な笑みで逃げることにする。

そうして、退散しようと立ち上がったところで、逃がさないとばかりに香織さんに呼び止められた。

「忍君。決戦の日は二週間後なのだよな？」

「ええ、そうなるはずです」

「だったら……」と、言ってから香織さんは真剣な表情を作った。

「タイムリミットはそこだ。全てが終わった後、返事を聞かせてもらえないか？　ダメならキッパリと諦める……私も女だ、二言はない」

「……分かりました」

どうにも香織さんには、俺と曖昧な関係をやるつもりは毛頭ないらしい。

まいったな……。

と、心の中で呟いて、そのまま俺は部屋から退散することになった。

†

ドロップダンジョンの出現位置。

それは聖教会勢力《龍の咆哮》の支配圏内の山中にあった。

メンバーとしては、双方の協定でレベル70～90枠が、こちらと向こうでそれぞれ三名ずつ。

そしてレベル99を二名ずつ出して都合五名と、そういう構成になっている。

これで十分に攻略可能な難易度という話だが、やはり問題はブラックドロップ現象となってくる。

事前の打ち合わせでは、それが起きた際には即時撤退との段取りとなっている次第だ。

と、森の中に浮かんでいる白い光を俺はマジマジと眺めた。

「これが入口ですか？」

ダンジョンへの入口は《転移門》によく似ているものだった。

三メートルくらいの二本の柱に、挟まれる形で五メートルくらいの空間がある。

で、柱と柱の間には白色の光が発生していて、これをゲートにして向こう側に渡る段取りらしい。

俺の言葉を受けて、短髪の男が応じてきた。

「ああ、これがゲートだ。が……お前、はじめて見る顔だな？」

重装の鎧に大剣を担いだ男だった。

彼の職業は《至天の重装聖騎士》で、その名前は村島悟。

《龍の咆哮》のメンバーで、ナンバーワンの一人と聞いている。

と、いうのも《龍の咆哮》には両巨頭とも呼ばれる二人のリーダーがいる。

その内の一人がこの村島さんということらしい。

ちなみに、もう一人も今回のダンジョン討伐に参加している。

まあ、向こうが出した二人のレベル99枠の内、二人ともがリーダーという状況だ。

こちらも香織さんが出ているので、向こうも礼は尽くしているということなのだろう。

そこまで頭を整理したところで、俺は村島さんの問いかけに小さく頷いた。

「私は最近……《暁の旅団》に入ったものでしてね。ああ、申し遅れました、名前は岸谷良助と言います」

本名を名乗ると一瞬でバレるので、ここは偽名を使っておく。

フレンドリストに全員の本名は載っているわけだが、ギルドを渡り歩く者は偽名を使う者も多いのは常識らしい。

知らない名前だったのか、村島さんは訝し気な視線を俺に向けてきた。

「聞かない名前だな……まあ良い。確かに例の事件以降《暁の旅団》は人数を増やしているって話だが……お前、本当にレベル99なのか？」

「え？」

あまりにも不躾に過ぎる言い草だった。

要は開口一番で「嘘ついてるんじゃないの？」と言われてしまってるわけだ。

そんなことをされてしまえば、俺としては呆気にとられる他ない。

「だから、本当にレベル99なのか？《暁の旅団》に鞍替えしたプレイヤーが多いのは知ってる。が、基本はそいつらは低レベル帯のカスどもだろう？」

「いや、こんなところで嘘ついても仕方ないでしょう？　そもそも同盟組もうって相手に嘘をつくなんて……下策中の下策でしょうに」

まあ、嘘をついてはいる。

実際にはレベル125なので、嘘というよりはサプライズに近い形だけれども、嘘は嘘だ。

けれど、低レベルのカスって……もう少し言い方ってものがあるだろう。

「まあ、そりゃあそうだ。確かに嘘をついても仕方ない」

納得した様子で村島さんは踵を返した。

このタイプの人だとひょっとすると、難癖まがいに食って掛かられるかと思っていた。

そこは拍子抜けではあり、同時に安堵した。

まあ、今回はあくまでも同盟を前提とした協力的な共同作業だ。相手も、無駄に揉めたりはしたくないんだろう。

そのまま、彼は向こう側で話し込んでいる《龍の咆哮》の面々の所に歩き始めた。と、その時――。

「ってことで、本当にレベル99なら躱してみろ！」

振り向きざま、村島さんは俺に向かって水平に大剣を一閃。

おいおい、力試しにしても乱暴すぎるだろうよ！

ブオンと村島さんの大剣が唸りを上げる。

「案ずるな――峰打ちだっ！」

ニヤリと笑う村上さんだったが、俺としては呆れて言葉も出ない。

いや、装備からしてこっちが魔法職ってのは分かるだろ？

レベル99同士なら、峰打ちでも大ダメージ食らうぞ？

だが、俺のレベルは125だ。その上、俺にはこれがある。

スキル：神威解放を行使。

同時召喚上限の数まで、召喚獣のステータスが俺にフィードアップされていく。

体中に力が漲り、体が軽くなったのを感じる。

ステータスが飛躍的に上昇したのを実感すると同時、村島さんの大剣の速度も明らかに遅くなった風に見える。

そして、確信する。

この瞬間に置いて俺の近接戦闘力は村島のそれを上回ったことを。

唸りをあげる大剣の軌道を見切り、その場で俺は軽く飛び上がった。

そうして、水平に薙ぎ払われる大剣に乗るように片足を置く。

「――なっ!?」

剣の上に乗った俺に、村島さんは驚愕の表情を浮かべる。

そのまま、剣を足場にジャンプして、村島さんの頭上を越えて飛び上がっていく。

村島さんの頭を超える寸前、膝蹴りを鼻っ柱に叩き込めそうだった。

が、さすがにそれは自重しておく。

と言っても、鼻っ柱に膝が激突する寸前で足を動かして軌道を反らし、『やるつもりならやれた』というところはアピールしておく。

そうして、くるくると空中を前転しながら地面にスタリと足がつく。

村島さんの背後を眺める形で着地したところで、俺はその背中に声をかけた。

「これで納得していただけましたか？」

「チッ……」

舌打ちと共に、村島さんは肩をすくめた。

「ったく、食えねえガキだな。魔術師系と思いきや……まさかの格闘術職かよ」

「まあ、そんなところです」

全然そんなことはないんだけど、ややこしいのでここは首肯しておく。

「それと、今の膝蹴りだが当ててくれても良かったんだぜ？　スピード特化の攻撃力じゃあ、俺の防御は抜けないからな。硬さと攻撃力の両立ってのが、重装聖騎士のウリってのはご存じの通りだ。俺に勝ったと勘違いだけはすんなよな」

そう言うと、村島さんはガッハッハと笑い始めた。

っていうか、マジで失礼な奴だな……と、俺は眉を顰める。

「おい、村島……何やっているんだ！　またお前はそんなことをっ！」

激怒して飛んできたのは、僧衣をまとった眼鏡の男だった。

こちらは田所修一という名前で、《龍の咆哮》ナンバー一のもう一人となる。

二人揃って両巨頭と呼ばれているわけだが、二人揃って見た目は普通の中年のオジサマといった風だ。

ちなみに、職業は見た目の通りにプリースト系だ。回復特化の《神託の法皇》という上位職業についている。

「はは、まあ良いじゃないか田所よ」

「本当にお前って奴は……。ああ、本当に申し訳ないな。悪い奴ではないんだが、どうにも不躾な奴で……」

田所さんが頭を下げてきたので、良いですよと言う風にニコリと笑って応じる。

と、そこで申し訳なさそうな表情を浮かべながら、田所さんはコホンと咳ばらいを一つした。

「それじゃあ、早速ですがドロップダンジョンに参るとするか」

一同が頷くと、田所さんも頷いた。

と、同時に転移術式が発動し、白い光が俺たちを包んでいく。

ブラックドロップ現象が起きるとすれば、このタイミングらしい。

転移の際に白い光が黒く変わるって聞いたが、今のところその兆候はない。そして——。

一面の紫色が、俺の視界を埋め尽くしたのだった。

†

光を抜けた先――。

気が付けば、俺たちはひんやりとした空気に包まれていた。

見た限りこれは鍾乳洞（しょうにゅうどう）……か？

どうやら、洞窟系のダンジョンで間違いないようだ。ただ、この場所は洞窟の通路ではなく、ドームのような広く開けた空間だった。

ヒカリゴケか何かで最低限の光量は確保されている。が、やはり洞窟だけあって薄暗い感じは否めない。

そうして、呆気にとられた感で全員がその場に佇（たたず）んでいたのだ。

「……何だ今の？」

最初の一人のその呟きが始まりとなった。

「な、何だ何だ!?　何が起きている!?」

「光が紫だったぞ!?」

「ブラックドロップだったら黒色の光だろ!?　どうなってんだ!?」

《龍の咆哮》、そして《暁の旅団》も、双方の面々が口々に喚（わめ）き散らし始めた。

見る限り、どの顔にも恐怖の色が浮かんでいる。

十人の所帯なので、このままパニック状態になれば収集をつけることは難しい。

と、それはともかく現状確認だ。

俺たちの背後には先ほどと同じく《転移門》に似た建造物がある。そして、門の間には紫色の光が輝いていた。

「田所さん！　今すぐに帰還を！」

門があるなら話は早い。

だったら、当初の打ち合わせ通りに帰ってしまえば良いのだ。

そんな俺の言葉で一同が落ち着きを取り戻した。

「そ、そうだな。周囲に魔物がいないし、今すぐ帰還だ！　田所さん……お願いします！」

前回、ブラックドロップ現象で多数の命が失われた理由……それは転移直後のデストラップだった。

転移と同時に、モンスターハウスと遭遇したというのが一番の理由らしい。

そこにはありとあらゆる高レベルの即死系の魔物がひしめいていて、即死魔法や即死スキルのフルコースを受けたと聞いている。

「わかった。それじゃあ今すぐに帰還――」

と、田所さんが帰還のために門に向き直る。そうして、先ほどと同じく念を込めた。

一秒、二秒、三秒、四秒、五秒……と経過する。

そこで狼狽えた様子で田所さんが叫んだ。

「不味い……帰還できんぞっ！」

その言葉を皮切りに、その場は阿鼻叫喚に包まれる。

全員が顔を青くし、恐怖のあまりに土気色に変わった人間までいる始末だ。

「帰還できないって、ど――――いうことだよ!?」

「やばいってやばいって！」

「だから俺は嫌だったんだよ！」

大きく目を見開き、飛沫をまき散らし、それぞれが大声で叫んでいる。

こりゃあマジで不味いな。

完璧なパニックで、周りが何も見えていない。仮に近くに高レベルの魔物がいた場合、この人たちはどうするつもりなんだろう。

大きな声を出すこと自体が危険ということにすら、頭が回っていないのか？

香織さんだけは手で口を押さえて必死に堪えていて、他の全員は完全に精神的にアウトと言っても良い。

いや、これはある意味必然なのかもしれないな。

彼らは圧倒的な力で現地民の上に君臨し、危険とは最も縁が遠い場所でずっと暮らしてきた。

そこに、いきなりこんな状況でストレスがかかってしまえば、崩壊が容易(たやす)いのは道理だ。

と、そこで――案の定のことが起きた。

大声を聞きつけたのか、向こう側からヒタヒタと足音が聞こえてきたのだ。

全員の視線が一斉にそちらに向けられた。すると、洞窟の広間から延びる通路の先に、小さな影が見えた。

「ゴブリン……？」

そこにいたのは弓矢を持ったゴブリンだった。

それを確認したところで、一同に弛緩(しかん)した空気が流れる。

「何だよ、驚かせやがって……」

ゴブリンが弓矢を構え、こちらに向けて攻撃体勢を取ってきた。

「ま、まあ、そりゃそうだよな。変な現象が起きたからって危険な場所って決まったわけじゃない。逆にゴブリンみたいな雑魚ばかりのダンジョンの可能性も――」

魔術師風の格好をしているスキンヘッドの男が話をしている最中に、ヒュッと風切り音が聞こえてきた。

ゴブリンが矢を放った音だ。

次の瞬間にスキンヘッドの男の頭に矢が生えた。

噴き出す血液、白目を剝いて、ドサリと男は崩れ落ちた。

ピクピクと痙攣する男に視線が集まり、一同に衝撃が広がる。

「……何だそれ？」

「お、おい……あれはゴブリンだろ？　なんで……なんでこんなことに……」

誰ともなくそう呟き、一人の男がこう言った。

「ス、ステータス表示だ。ゴブリンのステータスを表示するんだ！」

と、その言葉と同時、全員が恐怖と驚きの余りにフリーズした。

見る間に全員が目を見開き、ピクリとも動かなくなった。いや……動けないのだろう。

そうなる理由はよく分かる。

なんせ、全員の瞳に俺と同じものが映っているだろうから。つまりは――。

名称　　　　　神話級ゴブリン（弓）
種族　　　　　鬼族
職業　　　　　アーチャー
討伐推奨レベル　１０５

しばしの、フリーズ。

幾ばくかの、逡巡。そして訪れた状態は必然だった。

つまりは恐慌に陥ったのだ。

「あ、あ、ああああああああああああああ！」

「に、逃げろ逃げろ！」

「何だありゃ!? 神話級って何なんだよ！！！！」

「逃げろおお！」

「逃げるってどこに!?」

そんな中、香織さんの動きは速かった。

続けて、さすがにリーダーとしての矜持があるのか、《龍の咆哮》の両巨頭が平静を取り戻し、香織さんに続いた。

と、同時にゴブリンも動いた。

ヒュッ、ヒュッ、ヒュッ。次々と矢が飛んでくる。

弱者狙いの習性でもあるのだろうか？

狙う先はレベル99の面々ではなく、それ以外の人間だ。

まあ、迎撃態勢どころか、この場から逃げようと背中を見せている人もいるくらいだ。

数を減らすと言う上ではその行動は正しい。

が、その矢は誰にも当たることはなかった。

俺の取った行動が、他のメンバーの助けに入るというものだったからだ。

次々に放たれる弓矢を手で掴み、あるいは裏拳で打ち落としていく。

と、急にこちらに向けられる矢が止まった。俺はゴブリンに向かっていく三人に視線を向けた。

「第五階梯：力の宴(マキシマム・ビート)」

回復職の田所さんが、近接職の香織さんと村島さんにバフを施した。

と、同時に香織さんがゴブリンの右手手首に刀を一閃。

伝説級の武具――正宗・真打の斬撃により、ゴブリンの手首の動脈がかき切られる。

すると、噴水のように手首から血が吹き上がった。

ってか、レベル99の攻撃で血が噴き出す程度……か。

普通のゴブリン相手なら、手首ごと上半身もろとも吹っ飛んでもおかしくないはずだ。

しかし、それでもかなりの出血だ。

ゴブリンも狼狽(うろた)えたらしい。証拠に、その動きが一瞬止まった。

と、そこに、大上段から溜めに溜めた、村島さんの気合いの打ち下ろしが叩きこまれた。

バフの乗った重量近接職の、しかも力溜め系のスキルまでもが乗った完璧な一撃だ。

高位ドラゴンすらも真っ二つ。

ゲーム内理論上最高に近いダメージを叩きだす一撃のはずだ。

通常のゴブリンであれば、頭から爪先までが吹き飛んで、肉片すら残らない常識外の攻撃となる。

が、ゴブリンの頭部に発生したダメージは、見た目的には常識的な範囲内のそれだった。

つまりは、斬撃というよりは……打撃で頭蓋が陥没し、片目が飛びだした程度だったのだ。

無論、息の根は止めていない。

「どんだけ硬いんだよこのゴブリンっ！」

優勢なはずの村島さんだったが、彼は半ば悲鳴のようにそう叫んだ。

「考えるのは後です！　まだ生きてますよ！」

香織さんがゴブリンの右足首に刀を振るった。

パチィンッと、アキレス腱が切れる音が聞こえる。片足がオシャカになったが、ゴブリンは何とかその場に踏みとどまった。

続けて、動きが鈍ったところに、村島さんによる再度の頭部への打ち下ろし。

そこでようやくゴブリンが崩れ落ちた。

そうして、トドメとばかりに村島さんが三度目の打ち下ろしを頭部に放った。

耳から血だけではなく、頭蓋の中の内容物が漏れてくる。完全にトドメはさせただろう。

ビクンビクンと痙攣し、ゴブリンが動かなくなったところで、三人は安堵の息をついた。

直後、村島さんはゴブリンの死体に向けて、吐き捨てるようにこう言った。

「殺られたのは魔術職とは言えレベル83だぞ？　何なんだよ……神話級ゴブリンって」

「異常な硬さだったし、鑑定眼の結果の通りにただのゴブリンではないということだろう」

推奨討伐レベル105。

一番大事なそこについて触れなかったのは、偶然なのか必然なのか。

口に出してしまえば、その絶望を受け入れてしまうようで、二人は意識的に言及を避けたような気もしないではない。

ともかく、香織さん達がゴブリンを倒した。

その事実で、他の面々は徐々に落ち着きを取り戻していっているようだ。

しかし、全員の思うことは俺も含めて一緒だと思う。

つまり状況は未知であり、あまりにもここは危険だということ。

けれど、何もかもが未知の中で、俺にだけはこの状況に心当たりがあった。

ただのゴブリンに見えて、そうではない。

神話級ゴブリンという存在――そんな魔物を、俺はこの世界に来た当初に見たことがあるのだ。

それは、アガルタ。

その第一階層に出現した最悪のゴブリンだ。

†

「田所さん。蘇生魔法は……？」

「蘇生阻害の能力を持つようだ。最上位蘇生魔法でも受け付けん。死体はここに置いていくしかないだろうな」

頭に矢を受けた男を診ていた田所さんは、力なく首を左右に振った。

これは最悪だな。

この世界では、概ね死亡から一定時間が経過するとプレイヤーロストになるらしい。

その関係上、その状況での死亡はそのままの意味で死亡だ。

しかし……と、俺の頭に疑問が掠めていく。

どうしてここにアガルタの魔物がいるんだ？　そもそも、あの紫色の光は何なんだ？

分からないことだらけだけど、俺のレベルは１２５だ。

推奨レベル１０５くらいの魔物なら、まだ余裕でなんとかなる。

その点については不幸中の幸いとも言えるか……？

しかし、そんな淡い光明は直後に打ち砕かれることになった。

先ほどゴブリンの現れた通路に、チラリと赤い鼻のゴブリンの姿が見えたのだ。

様子窺いということなのだろう。赤い鼻のゴブリンはすぐに顔を引っ込めた。

そして、俺の背筋は凍り付いた。なんせ鑑定眼が伝えてきたそのゴブリンは——

名称　神話級ゴブリンリーダー（斥候）
種族　鬼族
職業　レンジャー
討伐推奨レベル　115

肺腑から変な笑いが漏れ出てきた。

不味いのは、推奨討伐レベル115ということだけではない。

そう、何よりも不味いのはゴブリンリーダーがいるという事実そのものなのだ。

ここがゴブリンの巣である可能性が高くなってきた。

ゴブリンキングがいるような巨大な巣穴は珍しいらしい。が、小規模の巣穴でも、ゴブリンの巣ってだけで危険度はとんでもないものになる。

なんせ、ゴブリンってのは数だけは多い雑魚の代名詞みたいなものだ。

けれど、この場合は神話級で決して雑魚の群れじゃない。

「香織さん、不味いですね」

「どうした忍君？」

「すぐに引っ込みましたが、向こうにゴブリンリーダーが見えました」

「な……ゴブッ――」

香織さんが大声を出しそうになったので、慌ててその口を塞ぐ。

今はみんな一旦落ち着いている。でも、既に一度パニックになっているからな。

ここで、ゴブリンリーダーなんていう単語を出したら、どうなるかは目に見えている。

そこで俺の意図を察したのか、香織さんがゆっくりと頷いたので、口から手を離した。

と、同時に、俺はゴブリンリーダーが見えた通路とは逆サイドの横穴を指さした。

「移動するのか？」

香織さんの言葉に首肯する。

この場所はパッと見ただけで八か所くらいの通路穴が見える。

そこからゴブリンが湧きだしてきたら目も当てられない。

全方位から数十や百の単位で攻撃を受けた場合は対処が難しくなるからな。

だが、その点、通路内なら事情は違う。

挟み撃ちを食らっても前後の二方向だけの対処になるので、まだいくらかマシだろう。

そうして、俺は向こうのリーダーの二人の内、とっつきやすそうな田所さんの方に声をかけた。

「田所さん。敵に弓使いがいるとなれば、ここだと的になりますよ。一旦通路に入りましょう」

「確かに……方向が限定される方がやりやすいな」

「それじゃあ皆さん。通路に移動しましょうか」

これには全員異論がないらしい。

俺の言葉に頷くばかりで、特に反感の言葉もなかった。

そうして田所さんの指示を受けた《龍の咆哮》のレンジャー職の女の人が、手近な通路の近くまで歩いていった。

スキルか何かを利用しているのか――彼女は耳を両手にあて、中を覗き込んでいる。

どうやら、物音を聞き取るようにしながら中の様子を窺っているようだ。

彼女は首を左右に振ると別の穴へと向かっていった。

そうして、同じ作業を他の横穴で何度か繰り返し、彼女が頷くと同時に村島さんが通路の中へと入っていった。

手招きをしているので、この横穴を進むことになったようだ。

「村島さん、もう少し慎重にいきましょうよ……」

ズカズカと通路を歩く村島さんに、レンジャー職の女が小声で呼びかけた。

「向こうにゴブリンリーダーが見えたって話なんだろ？　だったら早く逃げなきゃ不味いだろうがよ」

この野郎……と、俺は歯ぎしりする。

何のために俺がレベル99の三人と、レンジャー職の女の人だけにその事実を伝えたと思ってるんだ。

で、予想通りに、その他全員が今の言葉にギョッとした表情を作る。

彼らの内の一人は何かを言おうとして、唇をかみしめながらも口をつぐんだ。他の面々はただ沈痛な面持ちを作り、視線を伏せていく。

はぁ……と。安堵の息が漏れる。

どうにかこうにか、パニックにはならずに済んだようだ。

結果オーライではあるんだが、これは先が思いやられるな……。

と、俺と同じ心労を持っているであろう、レンジャー職の女の人が村島さんに言葉を投げかけた。

「いや、村島さん。どこに敵が潜んでいるか分かりません。罠がある可能性も否定できないんですよ？」

「はぁ？　何のためのレンジャー職なんだよ？」

「だから、私では手に負えない可能性があるんですって」

「だったらお前は死ぬ気で罠を看破しろ！　敵については、先頭の俺が最初に矢面に立つんだから文句ねえだろ！」

「ですから、そういう問題ではなくてですね……」

「二言目にはだからとか、ですからとか……できないできないってお前は何なんだよ？　それがお前の仕事だろうが!?」

香織さんに視線を向けると、俺と同じことを思っているようだ。

こりゃダメだとばかりに肩をすくめ、無言で返答してくれた。

かといって、この状況を放置するのは不味いので、田所さんに耳打ちをする。

「田所さんから言ってもらえませんか？　私たちは部外者なもので……」

「私も苦々しく思っているが、村島のワンマンは今に始まったことじゃなくてな……」

本当に苦々しい表情をしているので、この人も苦労しているのだろう。

気持ちは凄く分かる。が、貴方がそれじゃダメでしょう……と、俺としては苦笑いを作るしかない。

「でも、村島さんと田所さんの二人は対等なんですよね？」

「私はどちらかというと政治力で昇りつめたタイプでな」

「と、おっしゃいますと?」

「恥ずかしながら気弱な性格でな。村島は……ああ見えても総合格闘技の元プロという話なのだ。その格闘センスもあって、一対一の戦闘では《龍の咆哮》内で無敵を誇っておるわけだ」

そういえば、この世界では日本で身に付けた格闘技術でかなり補正がかかるんだよな。香織さんも剣道の達人ってことだ。だからこそ《暁の旅団》のリーダーをやっているわけだし。

しかし、そうなると不味いな。

俺みたいなガキが何を言っても話にならないだろう。

なら、ここは立場もある香織さんからキツく言ってもらうか?

でも、このタイプは女だからってだけで話を聞かなさそうだ。

そう思っていると、ズカズカと歩いている村島さんの足が止まった。

そして通路内に鳴り響くのは、カチリという乾いた音だった。


——嫌な予感がする。

全員がそう思ったのか、その視線の先が自然に村島さんの足下に集まった。

と、そこで、村島さんの足下の岩肌が淡く光に包まれた、
見る間に村島さんの足下は、岩肌から金属質の地雷のようなものへと姿を変えていく。

「不可視タイプのトラップです！」

この場の誰もが分かっていることを、レンジャー職の女の人が青ざめた表情で説明してくれた。

同時に地面に亀裂が走っていく。

トラップが発動したようで、眼前の通路が崩れていった。

崩れ落ちていく範囲は見る間に広がっていき、すぐに俺たちのところまで広がってきたのだ。

「きゃあああ！」

「うおおおお！」

まず、先頭を行くレンジャー職の女の人と村島さんが、亀裂に呑まれるように落下していった。

言わずもがなの落とし穴だ。

見る間に視界に映る全ての床が崩れていき、俺も巻き込まれた。

高さにして、三階から落ちたくらいの感じだと思う。

無論、この程度の落下速度で俺たちにダメージを与えることはできない。

証拠に、全員が綺麗に着地しているのだが、とにかく土煙が酷い。

「……は、は、はは！　ははは！　俺等にこんなチャチな落とし穴なんざ意味がねえぞ！」

土煙の中、村島さんの笑い声が聞こえる。

声が上ずっているので、ドジを踏んだ照れ隠しや強がりの意味合いもあるんだろう。

が……不味い。

現状に対処すべく、俺は急いで召喚魔法の準備を開始した。

このトラップの本質は落とし穴ではない。実際、レベル50以上の人間には、落下トラップダメージとしては意味をなさないだろう。

そして、ここのダンジョンに制作者がいるとすれば、ここに訪れる人間の適性戦力も十分に分かっているわけだ。そう、このトラップの本質とはつまり――。

「モンスターハウス……？」

村島さんは笑いを止めると、引きつった表情でそう言った。

土煙が晴れるにつれて、凶悪なゴブリンたちの笑みがはっきりと見えてくる。

さて、待ってましたとばかりに、俺たちを取り囲んでいるゴブリンは二十体程度。

先ほどの大広間によく似た場所で、守勢に回るにも難しい。

そして、敵の内訳はほとんどが神話級ゴブリンだった。

幸いなことにゴブリンリーダーの姿は見えなかった。が、それ以上に不味いのがいたので俺は思わず舌打ちをしてしまった。

そして、それを見た瞬間、村島さんの顔から血の気が一瞬で引いていった。

「こりゃダメだ。俺たちは……完全に終わったみたいだぜ」

彼の視線の先。

そこには、豪奢な鎧で着飾り大楯を持った赤鼻のゴブリンの姿があった。

そして、モンスターの詳細は次のようなものだった。

名称　神話級ゴブリンロイヤルガード（剣）
種族　鬼族
職業　戦士
討伐推奨レベル　１２５

まさかとは思っていたが、悪い予感ってのは当たるもんだな。

ゴブリンリーダー、ゴブリンロイヤルガードとくれば……。これはもう楽観せずに確定と考えた方が良い。

この巣穴には、ゴブリンキングが確実にいる。

しかし、ゴブリンキングではなくロイヤルガードで討伐推奨レベル125か……。

オマケに、お付きの神話級ゴブリンが二十体位はいる。その討伐推奨レベルも105だ。

一体一体は俺にとっては雑魚かもしれない。けれど、数の暴力は甘く見て良いものではない。

水鏡と相対した時以来か？　久しぶりに感じる緊張感と共に、俺はギュッと拳を握りしめた。

「あ……あ……」

「125って……」

「何で……こんなことに……神様……っ！」

と、そこでゴブリンロイヤルガードの棍棒が動いた。

狙う先は、恐怖の色に染まって放心状態の村島さんだった。

目にも止まらぬ速度で棍棒が突き出され、一直線に村島さんの胸部へと向かう。

「あぎゅっ！」

速度についていけず、ロクに攻撃が見えていなかったのだろう。回避行動も防御行動もとれずに、まともに食らった。

猛烈な速度で吹き飛んでいき、香織さんがそれを受け止める。

「ぐぅっ！」

香織さんは足に力を込めて、ズザザッと音を立てて踏ん張った。

足裏が地面に線を描き、数メートルほど後退したところで動きを止めた。

村島さんはどうなった!?

見ると、村島さんは白目を剝いて泡を吹いていた。

死んではいない。だが……戦闘不能だ。

たった一撃……。

村島さんはレベル99の中でも、格闘技経験による補正もあって強者に分類される人間のはずだ。

それが一撃で戦闘不能に陥ったという事実に、身震いを感じざるをえない。

いや、だが……これは順当な結果なのだろう。

なんせ、レベルにして25も差があるんだからな。

ステータス差は、そうは簡単には覆せない。

それはこの世界を支配するルールであり、神の定めた絶対法理だ。

「もうダメだ……」

ポツリと、誰かがそう呟いた。

「……」

「……」

「……」

その後、俺たちの中で声を発する者は誰もいなかった。

目立てば、イの一番に狙われる。

それを理解している彼らは、ただ、武器を握りしめ――。

あるいは、青ざめた表情で、腰が引け、足を震わせているだけだ。

「ギギギ……ッ！」

狩るものと狩られるもの。

明確な弱肉強食の序列が確定している現状に、ゴブリンロイヤルガードが醜悪に笑った。

そうして、ゴブリンロイヤルガードはゆっくりと右手を挙げた。

すると、すぐに香織さんに向け、指示を受けたゴブリンが飛び出してきた。

「くっ！　タダではやられん！」

さすがは香織さんだな。

恐怖に身をすくませている他のメンツであれば、反応できなかったとは思う。

ともかく、彼女は瞬時に迎撃態勢に映った。

抜刀術の要領で、刀を抜き放つタイミングを計っているようだ。が、その刀がゴブリンに放たれることはなかった。

その前に、俺が動いたからだ。

「咎人ならぬ咎神の、神を屠りし紅蓮をここに権限――」

心臓から魔力が、俺の手に持つ杖へと流れ込んでいく。

血流に乗り運ばれる魔力は徐々に熱くなっていき、掌に到達するころにはそれはさながら灼熱のように感じられた。

「第五階梯：火之迦具土」

杖から熱線が放たれる。

ジュッという効果音と共に、香織さんに飛び掛かっていたゴブリンの上半身が丸ごと吹き飛んだ。

そのまま、後方にいた三体のゴブリンを巻き込み、熱線は壁へと着弾する。

大爆発が起きることを想定していた。が、このダンジョンはやはり特殊なようだ。

魔力そのものが壁に吸収されるように……いや、魔法そのものが跡形もなく掻き消されてしまった。

そうして、床に転がるのは都合四体のゴブリンの躯だった。

それを視認し、ゴブリンロイヤルガードは何が起きたか分からないという風に、死体に向けて呆けた声を上げる。

「……ギ？」

何が起きたかは単純明快なはずなんだがな。

さっきのゴブリンロイヤルガードと、同じことしただけだ。

レベルが20も離れてりゃ、そりゃあこうなるだろう。

「さて、一騎打ちと洒落込もうか？」

杖を構えると、そこでようやく何が起きたかを理解したらしい。

ゴブリンガードは俺に警戒と怒りの視線を向けた後、前方に大楯を構えた。

「咎人ならぬ咎神の、神を屠りし紅蓮をここに権限――第五階梯：火之迦具土（ヒノカグツチ）っ！」

と、そこで、田所さんの狼狽したような声が聞こえてきた。

「だ、第五階梯の……連撃だと……っ!?」

確かに、レベル99でもノータイムで第五階梯の連発は難しい。

が、レベル100を超えたせいか、俺にはそれが可能になっている。

「さあ、消し飛べっ！」

ゴブリンロイヤルに伸びていくのは、神をも穿（うが）つ熱線だ。

が、相手も神話級と銘打つだけのことはある。

「ギギギいいいいいいいいいいいいい――――っ！」

ゴブリンロイヤルガードの気合いの咆哮だった。

こいつ、俺の第五階梯を……大楯で受け止めやがった。

さすがは王を守る盾だ。甘く見ていたことを素直に反省すべきだろう。

ともかく、現状、熱線と大楯がしのぎ合い、押し合っている。

しかし……これは良くないぞ！

ゴブリンロイヤルガードは、俺の魔法にわずかに押し勝っているようだ。

ジリジリとこちらに向けてゆっくりと移動してきているのが見て分かる。

相手は戦士職だ。そして、レベルも同じ。俺のアドバンテージは遠距離レンジにこそある。

近接職の間合いまでリーチを詰められれば、こちらに勝機がないのは明らかだ。

それが分かっているのだろう。

大楯の後ろから「ギッギッギ！」とゴブリンロイヤルガードの勝ち誇った笑い声が聞こえてきた。

「さっき、一騎打ちと言ったな？　悪いがそれは嘘だ」

召喚士が一騎打ちなんて、そんなバカなことをするわけがない。

と、言葉と同時、少女が現れた。

そう、それは――ゴブリンロイヤルガードの後方に、死神の鎌を振りかぶって。

「……スキル：月闇（つきやみ）の衣（ころも）」

これはツクヨミの所持する最高位隠密スキルからの、同じく彼女が所持する影渡りのコンボだ。

特筆すべき点は、完全なる奇襲となること。

つまりはコンボ発動と同時に、クリティカルも確定することになる。

振り下ろされる鎌。

死神の一閃が、クリティカルの文字をゴブリンロイヤルガードに叩き込んだ。

クリティカルと言えばレベル50のアリスの銃撃ですら、レベル99に通用するような補正がかかる。

レベル125の俺が扱うレベル125のツクヨミであれば、一撃はむしろ必然であり、必定だ。

現状のようにゴブリンロイヤルガードが上半死と下半身の二つになって、地面に転がり絶命したのは当たり前の話だった。

ゴブリンロイヤルガードの体の中身がドロリと零(こぼ)れる。

それを見たゴブリンたちは驚愕の表情を浮かべ、声にならない声を上げた。

全てのゴブリンの顔に浮かぶ恐怖の表情。

俺が一歩踏み出すと、ゴブリンたちは一歩下がった。

更にもう一歩踏み出すと、やはりゴブリンたちは一歩下がる。

そして彼らの顔からは、絶望の二文字が張り付いて剝がれない。

だが、未だゴブリンたちは恐慌には陥っていないらしく最後の一押しが足りない。

と、そこで一体のゴブリンの影からツクヨミが現れた。

「ばぁっ！」

悪戯をしている子供と同じような、無邪気な仕草でツクヨミは鎌を振るった。

ドサリとゴブリンが崩れ落ち、それが恐慌のスタートだった。

「今度はお前たちの番だ」

ここのダンジョンに来てから、人間側はずっとパニックに陥っていた。

恐怖と畏れと狂気に陥れば、組織は脆（もろ）くも崩れ落ちる。

そして、組織的な行動ができないということは、戦力の著しい低下を意味する。

それを自ら体現するかのように、半狂乱に陥ったゴブリンたちのほとんどは組織的抵抗を諦め、各々が本能の赴くままに逃げ出したのだ。

あろうことか敵を前に、背中という一番の無防備を晒す者まで現れる始末だった。

「ギャッ！」

「ギッ――――！」

「ガアアアアッ――――！」

こうなれば、最早、ゴブリンたちはただの的だった。

影を渡り、あるいは飛び上がり鎌を振り、縦横無尽にツクヨミがゴブリンたちを切り伏せていく。

さて、畳みこむならここだな。

パチリと指を鳴らす。

と、同時に俺の背後に出現したのは、大天使と三つ頭の巨大な漆黒の番犬だ。

ケルベロスは人型では戦力が落ちるので、いきなり全力全開での投入となる。

舐めればやられる。ここまでのやり取りで理解していたので、油断はしない。

すっと、右手を掲げ、二人の部下に言葉を投げかける。

「ガブリエル、ケルベロス——蹂躙（じゅうりん）しろ」

そう告げたところで、大勢は決した。

ガブリエルとケルベロスが、俺の言葉の通りに逃げまどうゴブリンたちを蹂躙していく。

さて、この場はしのいだな……。

軽く息をつくと、肩がポンと叩かれた。見ると、田所さんの驚愕に包まれた表情が視界に飛び込んできた。

「君は一体何者なんだ？　その力は……尋常ではないぞ？」

さて、どう説明したものか。

そう思って黙っていると、俺の代わりに香織さんが応じてくれた。

「《憂国の獅子》のレベル99……総数一 十名。それを返り討ちにした飯島忍という少年……」

まさか……という表情を作った田所さんに、香織さんは大きく頷いた。

「彼こそが件の少年――レベル125の召喚士です」


そうこうしている内に、三人が全てのゴブリンを片付けてくれた。

とはいえ、今回は相手がパニック状態になって崩れてくれたと言うのも大きい。

実際に最後まで抵抗しようとしていた四体のゴブリンがいたんだけど、ケルベロスが反撃を受けて、前足に若干の傷を受けている。

レベル差はあるけれど、絶対ではない。

それにレベル差があるとは言っても、一般ゴブリン相手の話だ。

ゴブリンロイヤルガードは俺と同レベルだし、ゴブリンキングに至っては更に上だろう。

やはり、油断はできない。

そんなことを思っていると、広間の端の方に光のドームが現れた。

直系十メートルくらいだろうか？　何だろうと思っていると、田所さんの喜色の声が聞こえてきた。

「助かった！　安全地帯だぞ！　中継ポイントだ！」

中継ポイント？　それって……やっぱりゲームのアレか？

香織さんに目を向ける。

すると、彼女は一瞬、不思議そうな顔をした。俺の疑問の視線の理由が分からなかったようだ。

しかし、すぐに合点がいったと言うようにクスッと笑みを浮かべた。

「忍君は見るのは初めてだったか？」

「初めてです。ええと、中継ポイントですっけ？　それってゲームのアレのことですよね？」

「ああ、そのとおりだ。しかし、君はそれだけの力を身に付けているというのにモノを知らんのだな」

「ゲームでは確か……長いダンジョンなんかの時に、一旦ゲームを中断できる中継ポイントだったはずですよね？」

「そういうことだな。この世界においては、魔物が立ち入れないという形でそれを再現しているようだ」

「なるほど、文字通りの安全地帯ってことですか」

はあ……と、俺はため息をついた。

何だかんだで、俺も緊張してたのは事実だからな。ともかく、これで一息つけそうだ。

そうして、安堵の気持ちと共に、俺たちはドーム状の光の空間へと足を向けたのだった。

†

「……それが俺の知るアガルタの全てです」

安全地帯内に作った簡易キャンプ。

みんなが腰を下ろし、コーヒーの香りが漂う中、俺は少し長い語りを終えた。

「しかし、今の話は本当なのか？　君は本当にレベル１２５だと言うのか？」

田所さんの問いかけに、俺は首肯する。

「確かに……さっきの力はそう考えると合点はいく。元々、アガルタイベントではレベルキャップが外れると言う話だったしな」

「だからこそ、危険なんですよ」

そう俺は断言した。そうして、自分自身が感じている危険性を本心の所でみんなに訴えかける。

「今林は……奴も俺と同じくアガルタへの鍵を手にしています」

その言葉で、その場の空気が凍り付いた。

「今林さんが……その力を持っているというのかね？」

「ええ、間違いありません。奴等の一部はレベルキャップを外しています。その結果、アガルタの力は奴に独占されてしまうでしょう」

「にわかには信じがたいが……」

　田所さんは香織さんへと視線を向ける。

「黙っていて申し訳ありません。レベルキャップを外した人間の実在を証明してからでないと話にならないと思いましたので」

「……それはそうだな。しかし、どうして今林さんが力を持っていると断言できるのだ？　君たちは今林さんと敵対しているわけだ。ハッタリを言って私たちを味方に巻き込もうとしている……そう考えることもできるのだぞ？」

「それを証明することはできません。が、田所さんも危惧を示した通りに、今林さんが私への刺客として派遣したレベル99の人数の多さ……そこに不審点があるのではないでしょうか？」

「それだけでは根拠が弱いと言わざるを得ないな」

「極端なパワーレベリングを行っているはずなのに、《憂国の獅子》から死亡者は出ていませんし、これこそがアガルタの力とも考えられます。それに、仮にアガルタの力を今林さんが得ていないにしても、得体のしれない方法でパワーレベリングを施している……それだけをもって危険だと断言できます。違いますか？」

「……」

田所さんは黙り込んでしまった。

しかし、この程度の根拠で危険だと断言して、一理あるという風にもっていけているのは間違いない。

やはり、あの男に人望はないのだろう。と、言うよりもやはり異常者と認識されているんだろうな。

「どの道、我々に残されている道は今林さんを囲い込んで無力化してしまうこと。それしか方法はないように見えます」

「確かにアガルタの入口に、今林さんが手勢のレベル125を数十人でも配置されれば打つ手がないだろう。それにアガルタの力を別にしても、パワーレベリングは確かに危険だ。将来的にアガルタの覇権を巡って戦争を仕掛けられると打つ手がない」

「そういうことですね。奴はアガルタの覇権に一番近い位置にいます。これは断言できます」

「あの人の性格からすると、残りのプレイヤーにレベルキャップ解除を認めず、現地民のように扱い始めるかもな」

「いや、確定でしょう。まずは現在敵対している私たちです。次に滅ぼされるのは、これまで中立的な立場を貫いてきた《龍の咆哮》です」

「……篠塚君、私を脅す気かね？」

「脅しと思いたければ、どうぞご自由に。水が流れるが如くの理屈だと思いますがね」

田所さんは長考を始める。

そうして、しばらくしてから口を開いた。

「元々、アガルタの力以前に、今林さんそのものが危険だという判断で君たちとは組もうと思っていた。やはりそうすべきなのだろうな」

と、そこで村島さんが香織さんにヨロヨロと詰め寄ってきた。

「しかしよ篠塚？　お前どうしてこいつが……噂の飯島だってことを黙ってたんだよ？」

痛いところをつかれたな。今度は香織さんが黙り込む番だった。

まあ、そこについてはちゃんと理由もある。

俺の力を抜きにしたところで、相互の話し合いで、同盟を達成させたいというところから伏せていた事項だからな。

まあ、アガルタの力云々は、完全なイレギュラーで議題に上がってきたわけだけれど。

と、言うよりも、本当に元々はレベル99のレベリングの危険性で押し通すつもりだったんだろうとも思う。

ただ、村島さんの言うとおり、相手方にとっては、俺がここにいるのは「聞いてないけど何で？」となるのも無理からぬところだ。

「……デモンストレーションのためだ」

「デモンストレーションだと？」

「ああ、連中もアガルタへと向かうことができる以上、同じ力を持つ忍君の力が……我々の切り札であることには変わらないだろう？」

「それは、そうだな。確かに飯島はレベル99プレイヤーの何人分に相当するんだって力ではある。それは認めるぜ」

「同盟を組む以上、こちらもメリットを示す必要があるだろう？　故に、一番分かりやすい形で演出をするために伏せていたのだ。私もまさか……ダンジョン事故が発生するなんて思ってもいなかったからな」

苦しいところはある。が、悪くない言い訳だ。

元々の趣旨と百八十度違う言い訳ではあるけども。

「なるほどな。それについては分かったぜ。実際に俺たちも飯島の力にゃ驚いたからな。効果は抜群ってなもんよ」

「だが――」と、村島は言葉を続けた。

「アガルタの魔物がここにいるのは、こいつの影響なんじゃないのか？」

「……どういうことだ？」

「今まで……ブラックドロップはあったにしろ、紫なんてことはなかっただろ？」

そこまで言うと、村島さんは俺を睨みつけ言葉を続ける。

「こいつが紫色のドロップダンジョンの発生条件だったかもって言ったんだよ。例えば、運営がアガルタ後の適用される予定の修正パッチで、レベル100以上のダンジョンデータを既に用意していたとするだろ？」

と、そこで香織さんが「あっ……」と声を上げた。

その様子に村島さんは満足げに頷いた。

「そのダンジョンが発生する条件がアガルタへの到達……あるいはプレイヤーレベル100以上であるだとか。そういう風には考えられないか？」

確かに、それは十分にありえる話だ。

あらかじめデータを用意していることなんて、この手のゲームでは当たり前だろう。

不正アクセスで出現させた、開催予定のゲームイベントのスクリーンショットを見かけるなんてのは、普通にあることだからな。

で、現在、通常プレイでプレイヤーはレベル100に到達できないわけだ。

なので、例えばレベル100以上に紫のドロップダンジョンの出現条件を設定していたとしよう。

その場合、別に解禁日までデータを特別に隠す必要もないわけなんだよな。なんなら堂々とそのまま置いておいてもかまわない。

だって、レベルキャップのせいで、条件そのものが達成できないんだから。

それで今回、元々データとしては用意されていたものが、運営の意図しない形で出現したと村島さんは主張しているわけだ。

「しかし、そうとは言い切れんだろう？」

「だが、そうじゃないとも言い切れんわな？」

二人は睨み合い、そこで田所さんがため息と共に仲裁に入った。

「やめたまえ……喧嘩している場合ではないだろう？」

が、田所さんの言葉を聞かずに、村島さんはなおも食い下がってきた。

「お前等だけでここのボスを倒せよな？　そうすりゃあ帰還の道も開いて、全て丸く収まるんだからよ」

「私たちだけでボスを倒す？　どういうことだ？」

「なんで俺らも付き合って危ない橋を渡らなくちゃいけねーんだよ。少なくとも、俺はこのまま安全地帯に陣取らせてもらう。だって、これはお前等のせいだから」

村島さんの言葉に《龍の咆哮》側の人員は、コクコクと頷いている。

恐る恐る……という表情で俺の顔色を窺ってはいるが、決意は固いようだ。

そうして、その状況に苦々しい顔を作りつつも田所さんが口を開いた。

「君たちには酷だが、私としても村島の案に賛成だね」

「なっ!?　田所さん、貴方まで何を言うんですか!?」

非難するような口調の香織さんに、田所さんは申し訳なさそうに頭を下げた。

「そもそも、同盟を組みたいのは君たちで、今まさに危機に瀕しているのも君たちではないのかね？　私たちには差し迫った危険はないのだ」

「それは……そうですが……」

「ともかく、誠意を示すならここ以上のチャンスはない。君はどう思うかね篠塚君？」

「しかし、いずれは今林さんに全てのギルドが呑まれるんですよ？　その危険性から私に賛同していただけたのでは？」

「その通りだな。もうこの際、恥も外聞もなしでいこうか。率直に言うと――私は怖いのだよ」

「怖いと……おっしゃると？」

すると、田所さんは香織さんに右手を差し出した。

よく見ると、コーヒーカップを持つ手が小刻みに震えていた。

そして彼は乾いた笑いを発したのだ。

「はは……。先ほど、矢で射貫かれた男を覚えているかな？　あの男の顔が脳裏に貼りついて離れないのだよ。私は怖くて安全地帯から離れたくないだけなのだよ」

「田所さん。もしも私たちが死んで戻らない場合はどうするつもりなのです？」

「……」

「その場合は死ぬまでここでずっと過ごすつもりなのですか？　忍君が我々の最大戦力である以上……今ここで力を合わせるべきかと思います」

香織さんの問いかけを受け、田所さんは思うところがあったらしい。

遠い目をして、少し考えてから彼は軽く息をついた。

「私も今回の同盟には思うところがあってね」

「……どういうことでしょうか？」

「日和見（ひよりみ）、様子見、風見鶏（かざみどり）。それが私の代名詞なのは知っているだろう？」

香織さんは気まずそうな表情を作って、口をつぐんだ。

そんな彼女を見て、田所さんは「ははは」と笑った。

「遠慮しなくていいさ。同じくギルドを預かる身として……私は君が羨ましかったんだ」

「私が羨ましかった？」

「ああ、他のギルドが好き放題に現地民を蹂躙する中……唯一、君だけが本気で彼らを止めようとしていたからね」

「何をおっしゃいますか。田所さんは何度も私に賛同してくれたでしょう？」

「差支えのないところだけはそうだったね。でも、他の連中を敵に回しそうな時、私はずっと沈黙してたよ。それは君も知っての通りだ」

「……」

「本当は私の気持ちは君と一緒なんだ。私だって連中に意見したかったたし、これまでの鬼畜にも劣る所業の数々は許せなかったんだよ」

「だからこそ、貴方は私と手を取り合う道を選ぼうとしてくれてるんですよね？　ならば今この瞬間こそが……共に手を取り合い苦難を乗り越えるべき時だと思うのですが」

　そこで、田所さんは首を左右に振った。

　そうして再度、震える手を香織さんに見せつけた。

「だが、生憎と体が心に追いついてくれないんだ」

「……」

「先ほどの質問の回答をしようか。君たちがゴブリンに敗れれば、私たちは詰んでしまうだろう。実際、餓死くらいしか道は残されていないんじゃないかな？」

「……だからこそ、ここで立ち上がるべきなんです」

「でも、分かったんだよ。日和見主義の私は、簡単に生き方を変えることができない。だからこそ、結論をつけたんだ」

「結論？」

「たとえ君たちがゴブリンキングを打倒し、このまま全員で外への帰還がなったとしても……同盟はできない」

「なっ!?」

「私は今林さんが怖いんだ。彼を実際に敵に回したその瞬間……今と同じで動けなくなるだろう。それが分かってしまったんだ。たとえ、いずれ詰むことが分かっていたとしてもね」

ペコリと田所さんは頭を下げる。

その様子を香織さんは悲し気な表情で眺めていた。

「篠塚君。私は恐怖に立ち向かえる人間ではなかったようだ。本当に申し訳ない」

「交渉決裂ですね」

香織さんの口から漏れたのは、深い――深いため息だった。

これで同盟の話も立ち消えた。

その上、少数でゴブリン軍団に立ち向かわなくてはならないらしい。泣きっ面にハチってのはこのことだな。

「よし、これ以上の長居は無用だ。各自出立の準備を始めるように」

《暁の旅団》のメンバーに伝える香織さんだったが、彼らは立ち上がろうとしない。

「ん？　どうしたのだ？」

香織さんは怪訝な表情で彼らを見やった。が、その視線の先の彼らの表情には、恐怖の色が貼りついていた。

いや、違うか。先ほどまで緊張の糸が張り詰めてたのが、安全地帯に来たことでプッツりと切れたって感じだ。

「臆病風が伝染してしまったようだな。情けないことだ」

肩を落とす香織さんの肩を、俺はポンと叩く。

「仕方ありませんよ」

本心から、普通はこんなもんなんだろうと思う。

俺だってレベルが125もなかったら動けなかったかもしれない。それに、ゲーム開始当初にあんな目に遭ってなかったら、覚悟は絶対できてない。

大多数のプレイヤーは神様みたいな力をもって、この世界でのほほんとやってきたわけだ。そんな人たちに、いきなり死線を潜れと言う方が、そりゃあ無茶だ。

「それじゃあ討ってでましょうか。香織さん」

「孤軍奮闘になるな。私の人徳のなさ故だ、申し訳ない忍君」

いや、別に香織さんが悪いわけじゃないんだけどな。

と、その前に……と、俺はガブリエルに声をかけた。

「ガブリエル、ケルベロスの回復を頼む」

ケルベロスは軽傷だ。とは言え、回復できる時にしておくのは鉄則。

その油断が、後にどんな致命傷につながるかは分からないからな。

「畏（かしこ）まりました」

ガブリエルがそう言ったところで、田所さんが割って入ってきた。

「待ちたまえ飯島君っ！」

「ん？　何でしょうか？」

「君の召喚獣については、私に回復させてもらえんだろうか？」

「……？」

今更何を言っているんだこの人は。

そんな疑念の視線を向ける。すると苦渋の表情と共に、田所さんは絞り出すような声を出した。

「お願いだ。それくらいはさせてくれないか？　君たちの貴重なＭＰを使わせるわけにはいかないと思ったんだ」

自分は安全な位置にいて、何という偽善だ。

そう思ったが、すぐに考えを改めた。彼の震える肩と手。そして青ざめた表情を見ていると……何とも言えない気持ちになったからだ。

きっと、これが彼のできる精一杯。

悪い人ではないし、むしろ良い人なんだろう。

そう、これが……彼にできる全力全開の精一杯のマックスなんだ。

香織さんの人を見る目に、間違いはなかった。同盟相手にこの人を選んだ理由も理解した。


けれど、いかんせん、やはり根性と勇気が足りない。

「ありがとうございます、田所さん」

「……礼など要らない。罵られるべきだよ……私は」

「それでも、ありがとうございます」

ペコリと頭を下げる。

そして、ケルベロスの完全回復を確認したところで、俺と香織さんは洞窟の奥へ向けて出立したのだった。

†

連戦に次ぐ連戦だった。

迫りくる無数のゴブリン、三十から先は数えていない。

数多のゴブリンリーダーやゴブリンロイヤルガードを打倒していく中、状況は総力戦といって良い様相を呈していた。

こちらも連戦で消耗していき、回復手段を持つ俺とガブリエルのＭＰの残量も半分を切って久しい。

永遠とも思える洞窟の中を、一歩一歩ゆっくりと、そして確実に下へ下へと向かって歩いていく。

途中、ひょっとしてこれは無限ループ回廊のトラップではないかという考えが、チラリと頭をよぎった。

無論、目立つ大岩に目印をつけてその対策は行っていたものの、その考えがよぎるほどの長い道のりだった。

そして、その階層に辿り着いた瞬間、全員が確信した。

階層を降りていく途中、洞窟の通路に現れたのは、深紅と金に彩られた豪奢な扉だった。

扉を開くと、赤絨毯（じゅうたん）と美術品に彩られた回廊が広がっているのが見えた。

ここは間違いなく迷宮最深部、そう判断するに十分な変化だった。

長い長い廊下の終わり。と、同時に、俺たちが邂逅したそれは――圧倒的な存在感だった。

広間の奥には髑髏（どくろ）で作られた玉座。

脇に控えるのは、二体のゴブリンロイヤルガードだ。

その悪趣味な玉座に君臨するのは、いわずもがなのゴブリンキング。

俺の視界に入るシステム説明によると、詳細は次の通り。

名称　　　　神話級ゴブリンキング
種族　　　　鬼族
職業　　　　戦士
討伐推奨レベル　１４０

予想はしていたが、俺よりも圧倒的に格上だ。

隙を見せると一瞬で食われる。

さすがに、これを相手に香織さんではいささか荷が重い。

これまで、ゴブリン相手に前衛で奮戦していた彼女だったが、後ろに下がるように手で指示を出す。

そして、背後に控えるガブリエルとケルベロスを前衛に上げ、即時に臨戦態勢を整える。

と、その時、ゴブリンキングがパチリと指を鳴らした。

「ひれ伏すがよい」

言葉と同時、俺たちに圧倒的な重さがのしかかる。

重力魔法に似ているが、これは違うものだ。精神に直接訴えかける系統のスキルだと、感覚的に理解できた。

相手がゴブリンキングであることを考えると、スキルの正体はすぐに思い至った。

強者に畏怖する本能に訴えかけ、しばらくの間行動不能に陥れる『王者の威圧』だろう。

ガブリエルは苦渋の汗を流し、ケルベロスは唸り声をあげている。

ひれ伏してまではいない。スキルの効果はテキメン……とまでは言えないだろう。

が、それなりに効果はあるらしく、二人とも最大戦速では動けそうにない。

それは俺も同じだ。

実際、意識を強く保って立っているのがやっとというところ。

香織さんに至ってはスキルに対抗できずに、そのまま地面に伏せてしまっている。

「ほう、抗うか……小さき物よ」

「生憎と、俺はこんなところで死ぬわけにはいかなくてな」

「しかし、愚かだのう？　何故に救いを与える我に抗うというのだ？」

「……救い？」

怪訝そうに尋ねると、ゴブリンキングはカッカッカと楽し気に笑った。

「このげぇむの不文律だよ。お主ら風に言えばウンエイの定めし裁きの法理。未だに気づかぬ蟻を見るのも滑稽なり」

俺の頭はクエスチョンに満たされる。

ゲーム？　運営？　不文律？

聞きたいことは山ほどあるが、その暇を与えずにゴブリンキングは愉快気に語り始めた。

「委ねよ。悪いようにはせぬ」

「何をお前に委ねろって言うんだよ」

「我が存在こそが救い。我が与える死こそが……お主のはっぴいえんどなのだよ」

そういえば、以前運営側にいると思われる水鏡も『今ここで死んじゃった方が幸せになれると思うよ？』と、そんなことを言ってたような気がする。

あの時は冗談だと思って聞き流していた。

が、そもそもが俺たちは一度死んでこの世界に転移して来てるわけだ。

そう考えると、『死』という概念はこの世界の成り立ちと密接に関係があるのかもしれない。

ともかく、ゴブリンキングの話は、聞き捨ててしまって良い性質のものではないだろう。

「ひょっとすると、死亡することによって元の世界に帰還ができるってことか？」

当てずっぽうで言ったが、ゴブリンキングは声を立てて笑い始めた。

「くはは！　当たらずとも遠からずじゃ！　試してみるかの？　楽に殺してやるのもやぶさかではないぞ？」

「冗談は休み休み言え。そんな話に乗るわけがないだろうに」

「何しろこの世界は譁?ｪ怜喧縺譁?ｪ怜喧縺」

途中からゴブリンキングの声が割れて聞こえなくなった。

それはテレビの砂嵐画面等で現れる『ザー音』というか、アレが一番近い。

「香織さん……？　今の聞こえましたか？」

「君も……途中から音が聞こえなかったのか？」

香織さんも俺と同様の症状らしい。精神操作系の魔法でも食らったかとも思った。が、ステータスを確認しても状態異常の類はない。

「可能であればお前との戦いも避けたい。話を聞かせてくれないか？」

ともかく、言葉が通じる相手であることは間違いない。

こちらの損耗も激しいし、一縷の望みと共にゴブリンキングに問いかける。

「愚問。彼の意志がそれ以上は言うなとなれば、話すことは最早何もない。我の存在意義はぷれいやーの消去なり」

ってことは、さっき途中から聞こえなくなったのは……運営からの規制ってことか。

重要な話だったってことには間違いないようだ。が、ともかく今はこの場を乗り切るのが最優先だな。

「どの道――」と、ゴブリンキングはニヤリと笑う。

「今のお主らはまともに動けぬ。闘争の結果は必定なり。さあゆけい、我が下僕よ」

言葉の通り、俺たちは威圧のスキルを食らって立っているのがやっとだ。

両脇に控えるゴブリンロイヤルガードが、ガブリエルとケルベロスに向けて歩を進めてきた。

「ガブリエル、ケルベロス。ここが正念場だ！　その二体ならまだ何とかなる――」

ゴブリンキングはパチリと音を鳴らした。

すると、そこかしこから光が現れた。


――それは、瞬間の出来事だった。


閃光が去ると同時、いつの間にか百を超えようかというゴブリンロイヤルガードが、俺たちを取り囲む形で現れたのだ。

「これでチェックメイトじゃ」

状況は最悪だ。

こちらが『王者の威圧』でまともに動けないのは事実だし、彼我の戦力差は歴然だ。仮に動けたとしても話にならないだろう。

「確かに……こりゃあ詰んでるかもしれないな」

「ほう、素直にそれを認めるか？　抵抗せぬなら偽りなく優しく殺してやる。選ぶが良い……武器を捨てるか、抗うか」

「確かにこの状況は詰んでいる」

相手のスキルの効果は未だ続いている。

意志を強く持ち、重い体に鞭打ち、あらん限りの力を込めて両手を動かした。

そう、勝利を確信しているゴブリンキングに向けて——ファックサインを作るために。

「なら、俺はこの一手で——盤面自体をひっくり返してやるさ！」

ファックサインと共に使用したのは、スキル：神威解放。

これにて召喚獣のステータスを一・七倍の底上げを施す。まあ、これは最初からやっとけって話ではある。

だけど、魔物はこっちのステータスを本能的に察するらしく、格下と判断したら舐めてかかってきてくれるからな。

と、同時に、ガブリエルとケルベロスがスキルの呪縛から抜けたらしい。

俊敏な動きで、二人はゴブリンロイヤルガードに突貫し、肉弾戦に突入する。

ガブリエルの右ストレートが唸りを上げる。

それに続くケルベロスの噛みつきと、初撃が綺麗にはまった。

まあ、これまでの戦いからも、ステータス的には二人の方がかなり上っぽいのは分かっている。

ただし、それはあくまでも一対一であればだ。

複数体に囲まれれば、善戦はできるかもしれない。が、取り囲まれてジワジワとなぶり殺されるのは明らかだ。

「ほう。爆発的に力を上げたようじゃな？　じゃが、それがどうした？　こちらには百を超える軍勢が――」

もはや、ゴブリンキングと問答するつもりはない。

百を超えるゴブリンロイヤルガード？

それがどうした。こっちには……対多人数の初見殺しがいる。

それじゃあ出そうか、さあ、出て来い！　バイト代を貯めに貯めて、決死の覚悟で課金した正真正銘の――

――ウチの切り札！

先ほどのゴブリンキングよろしく、今度は俺がパチリと指を鳴らす番だった。

「第六階梯召喚：降臨　天照大御神（アマテラス）っ！」

言葉と同時、一面が光に包まれる。

切り札は最後まで取っておけってのはよく聞く話だ。けど、こいつの場合はマジで一枚しかない切り札だからな。

なんせ、攻撃手段が二つしかない。

一つは、全く役に立たない徒手空拳。

そして、もう一つはたった一つしかない攻撃魔法だ。

それも、一発で打ち止めの最終兵器仕様（ラストオーダー）となっている。

そう、それは一発撃ったら再度使用までに時間制限がかかるという、ゲーム内で唯一の特別待遇を受けている魔法だ。

だからこそ、アマテラスは召喚獣の中で、ただ一人第六階梯の攻撃魔法を持つことができている。

そして光が収まると同時――。

そこに現れたのは、身長百二十センチ程度、推定年齢六歳の幼女だった。

服装は巫女（みこ）で妹と同じく、腰までの黒髪。

後光の輪を背景に、彼女はニコリと無邪気な笑みを見せる。

「一発で仕留めろ……ぶちかませアマテラス！」

アマテラスが行使する魔法はゲーム内では反則と呼ばれている。

なんせ、実装と同時に運営に苦情が殺到したと言う曰く付きだ。

蘇生も回復も防御もバフも何もない。そんな暇すら与えない。

ただ一度の攻撃で全てを消滅させ、対峙した初見のプレイヤーの誰もが、その身もふたもない魔法名と効果に「何じゃそら？」と……呆気にとられた悪名高い一撃。

そのぶっ壊れ仕様に呆れ、ゲームを投げ捨てて二度と戻ってこなかったプレイヤーも多かった。

アマテラスの背の光臨が赤く赤く発光していく。

その魔法の原理は、あまりにも単純にして、そして美しいとすら物理学者たちに賞賛されているものだ。

——核分裂の更に先。

——核融合の更に先。

——それは、魔力による直接的質量変換。

——ユダヤの天才が提唱した理屈のとおりに発動される、それはファンタジーというよりは、むしろ星間戦争……ＳＦ的な兵器の概念のように思える。

——そう、それは地上に悪魔の太陽を出現させる、最悪にして最強の魔法である。

その名は——。

「第六階梯　質量変換爆撃：$E = mc^2$」

アマテラスがそう告げると共に、破壊の光と共に一面が真っ白に覆われた。

E＝エネルギー

m＝質量

c＝光の速度

光の速度は 秒速にして c ＝ 299792458 m/s。

その爆発のエネルギーの数字の桁は、文字通りに天文学の領域にまで達する。

広島に投下された原子爆弾が核分裂を起こして、実際に消えた質量……語弊を恐れずに敢えて重量という言葉を使うと、その重さは〇・七g程度だったと推測されている。

たったそれだけの重さを熱に変えるだけで、この世の地獄が地上に出現したのだ。

アマテラスが質量変換を行うのは周囲の空気だ。

その重さは一立方メートル一キログラムで、その全てをエネルギーに変換できる。

そこで何よりも恐ろしいのは、空気はそれこそ……無限に近い量が大気に満たされているという点。

つまりは――これは現代の地球から数えて、どれほど先の未来か見当もつかないほどに文明を進歩させた時代における、核爆弾だ。

大気を満たす窒素や酸素の質量を、アインシュタインの公式に則り、熱量に変換して爆発させる。

大広間を荒れ狂う炎は実に摂氏一億度以上。太陽の中心温度の七倍以上の熱量が全てを焼き尽くしていく。

目も開けていられないほどの暴力的な閃光。

その最中、ゴブリンロイヤルガード達の断末魔がそこかしこから聞こえてくる。

そして、光が去った時――。

そこには、体の半ばまでを炭化させたゴブリンキング以外、全てのゴブリンたちが消滅していたのだった。

「な、な……な……っ……？」

息も絶え絶えで、満身創痍のゴブリンキングは、ただただ大きく目を見開いている。

それはそうだろう。

一瞬にして強大な配下の全てを失ったのだ。

自身も半死半生状態に追い込まれた現状。その感情はやはり……かつて多くのプレイヤーが運営に苦情を送った時のそれと同じ感情だろう。

むしろゴブリンキングが耐えたことに、逆に俺は称賛を送りたい。

なんせ制御が利かずにフレンドリーファイアを食らってたら、俺等も確実に全滅してるからなこれ。

と、そこで驚愕のゴブリンキングの背後から、淡々とした口調の少女の声が聞こえてきた。

「……スキル：月闇の衣」

その陰から現れた、月の神による鎌の一閃。

最高位隠密スキルからの影渡りのコンボが、ここでも炸裂(さくれつ)した。

ドサリと倒れるゴブリンキングを見て、ツクヨミは驚愕の表情を浮かべている。

「信じられないわ……お姉ちゃんの一撃に耐えるなんて……」

まあ、何というかアマテラスというのは、妹からもそういう扱いをされてしまうような召喚獣なのだ。

色々と召喚に手間取ったが、やはりその価値はある。

いや、実際にアマテラス抜きだったら！……確実に負けてたからな。

と、そこでダンジョン内が明るくなった。

これはゲームでもそうだったんだが、ボスを倒したことでダンジョン内の瘴気(しょうき)が晴れて、攻略済みとなった目印だな。

よしよしと思っていると、アマテラスがトテトテと俺の所に歩いてきた。

「おにーちゃんおにーちゃん」

「ん？　何だアマテラス？」

「あたまなでてー？」

このキャラメイキングじゃなかったら……言うことないんだけどなぁ……。

そう思いながら頭を撫でてやると、アマテラスはにっこりと頷きこう言った。

「おにーちゃんおにーちゃん？」

「他に何か要望があるのか？」

「あまちゃんねー、おねむになっちゃったですよー♪」

ついでに言うと、使用制限がなければ本当に言うことはない。

そうして、アマテラスはその場でパタリと倒れて、光の粒子へと返還されて消えていった。

ともかく、これでボスも倒して帰還の道は開かれているはずだ。

最初に来た場所に戻れば、これにてミッションコンプリートだな。

そこで、フラフラと立ち上がりながら、香織さんは呆れるように言った。

「レベル125のこれを見るのは初めてだが、やはり強烈だな……」

と、そこで俺はゴブリンキングの玉座の横に、深紅に輝く宝箱があることに気づいた。

先ほどまではここになかったのは覚えている。

何だろう？　そう思いつつ、宝箱に向かっていく。

「ダンジョン攻略報酬……？」

鑑定眼のスキルを使うと、宝箱の中の品物はこんな説明が出てきた。

・鑑定結果
神話級の鬼王の冠：レア度　Impossible
配下の魔物にバフ一・四倍であり重複可。
※　装備可能職業　魔物使い　召喚士

おいおいマジかよ。

これ系の効果って一・〇五倍か、良いところ一・一倍くらいだったはずだろ？

いや、アガルタイベントって、そもそも……テコ入れのために、無茶な強化を次々と解放していくっていう方針のイベントだったか。

ってなると、やっぱりこのダンジョンはアガルタイベントの後で解放される予定のダンジョンだったんだろうな。

「香織さん……この冠、要りますか？」

一応、二人で攻略したダンジョンなので香織さんにも聞いておく。

「私が持っていても意味がなさそうだからな。忍君が持っていれば良い」

「それじゃあ、遠慮なく頂きます」

「しかし、これで更に君が強化されることになるわけだな」

「ええ、そうなりますね」

「もはや……化け物だな」

「それって、もしかしてディスってるんですか？」

笑いながらそう言うと、香織さんも笑顔で応じてくれた。

「もちろん褒めてるんだよ」

ともかく、ここにきて更なる強化はありがたい。

そう思ったところで、ゴブリンキングの遺体から声が聞こえてきた。

「――王を失いしゴブリンよ……我らが財宝を盗みし罪人を討つが良い」

と、同時に、ゴブリンキングの体から黒い光が這い出てきた。

その光はたくさんのパチンコ玉くらいの大きさに収束していき、やがて実体を伴った無数の黒い球が出現した。

黒い球は一斉に動き出し、そこかしこに飛んでいき、一部は、部屋の中の床にバラまかれていく。

そして、残る大部分は回廊を通り過ぎていき、洞窟内へと向けて飛び去って行った。

そうして、部屋中の床に球が巻かれた部分に、真っ黒いシミが広がっていく。

最終的に黒いシミから、ツクヨミが影から出てくるのと同じ要領で――スケルトンが生えてきた。

名称　神話級ゴブリンスケルトン（剣）
種族　アンデッド
職業　戦士
討伐推奨レベル　１１０

部屋に現れたスケルトンの数は尋常ではない。

先ほどのゴブリンロイヤルガードと同じく、百を超えるだろう。

アマテラスも打ち止めだし、さて……どうするか。

「どうするんだ、忍君？」

「一々相手をしていてもキリがありません。最初の場所まで突っ切りましょう」

そのまま、俺たちは入口に向けて走り始めたのだった。

サイド：田所修一

暗い横穴――。

そこは血と死臭に満ちていた。

「やはり飯島君と一緒についていった方が良かったのかもな」

「そうかもな……」

力ない村島の言葉に、私は深い後悔と共にため息をついた。

この横穴に逃げ込んだ三人の内、一人は既に息はない。

村島さんにしても、解呪不能の呪いの武器の一撃を受けて、回復魔法も受け付けずに息も絶え絶えだ。

何度目か分からないが、回復魔法をかけてみるが効果もない。

と、そこで私は、音声と気配の遮断魔法が今も続いているかを確認する。

効果が持続していることを確認し安堵する。

こちらも外界の音は聞こえないが、そうでもしなければすぐに気配を察知されて殺されてしまうだろう。

そして……暗い横穴の中で、ただ岩肌の壁を見つめ始めた。

何故、こうなった？

一時間ほど前、ダンジョン内が明るくなった時には我々は喜びに満ち溢れていたというのに――。

答えは決まっている。

明るくなった直後に現れたゴブリンスケルトンと、安全地帯の消失のせいだ。

恐慌状態になった我々は散り散りに逃げまどい、仲間たちの悲鳴を背後に、ただ息を弾ませて駆け回った。

あれほどの数のゴブリンスケルトンだ。

抵抗もせずに逃げるだけという状況では、他の連中は何もできずに命を散らしたと考えるのが妥当だろう。

「しかし、この数のゴブリンスケルトンが現れたんだ。飯島君たちもやられてしまったという……その可能性もあるな」

「そうかもな……」

「結局、どうするのが正解だったんだろう？」

そう呟くと、村島はやはり力ない言葉を発した。

「そうかもな……」

「……村島？」

「そう……かも……な……」

「……」

「……」

「…………………村島？」

「……」

返事がない。

恐る恐る、ピクリとも動かない村島の脈を取ってみる。

まさかと思い、彼の顔をマジマジと眺めてみた。

村島の瞳孔は開き、目を見開いたまま……彼はこときれていた。

「……これで私が最後か」

村島の瞼を閉じてやり、目の前で十字を切る。

村島は真言宗ということだったが、生憎と私はクリスチャンだ。

仏と神。

違う対称への祈りとは言え……さすがに仏が冥府の処遇で嫌がらせをするようなことはないだろう。

そうして残り少なくなった最後の時間、私は考えていた。

思えば――どこで、間違えたのだろう？

半日ほど前に、飯島君たちを突き放してしまった時から……？
そこで、私はドキリと身をこわばらせた。

――ヒタ、ヒタ……ヒタ。

何者かの足音が穴の外から聞こえてくる。
同時に背中にひやりと汗が流れた。

――ヒタ、ヒタ……ヒタ。

死神が……近づいている。恐怖の足音が……近づいてくる。
予感と共に穴の入口に目をやる。
すると、そこには錆びついた剣を携えた、ゴブリンスケルトンの姿があった。
「四百年以上も生きたが……なるほど、お前が俺の最後か」
思えば――。
私が間違えたのは、篠塚さんの味方をしなかった時からだな。
四百年前のあの日、他のギルドマスターの横暴を制止する篠塚さんを……心情的には同じと思いながらも、日和見を決め込んだあの時からだ。

——打算、日和見、風見鶏。

以降、そんな風に呼ばれて、どこの勢力にも良い顔をしてきた。

この世界では徐々にみんなが人間性を失っていき、現地民を蟻のように扱い神のごとく振る舞いだした集団もいる始末。

これでは、不味いと思っていた。

だが、私は今林さんを筆頭に……悪逆の限りを尽くす人間の台頭を指を加えてただ眺めているだけだった。

その暴力は現地民だけでなく、いずれは自分たちに降り注ぐと分かっていたのに。

それでも意見も言わず、誰とも協力もせずに、私はただ何もせずに場の流れに全てを任せてきた。

いや、違うか。

私自身も……いつの間にかみんなと同じようにおかしくなっていたのかもしれない。

「はは……ははは……」

滑稽だった。

そんな私には地獄の亡者に殺されるのも……ふさわしいのかもしれない。

飯島君たちと一緒に行けばよかったと思わないではない。

私たちが協力すれば、村島は彼の盾になることもできただろう。

あるいは、私自身の回復魔法で彼のＭＰの予備としての働きもできた。役に立てないなんてことはなかったはずだ。

が、それを言っても、もう遅い。

これは自分自身の人生の総決算。自業自得による結末だ。

ただ、そう考えると、本当に滑稽だった。

「さあ、終わりにしてくれ……」

ゴブリンスケルトンにそう語りかける。

私の言葉が通じたのかどうかは分からない。ともかく、言葉通りに剣を片手にこちらに近づいてきた。

そしてこちらに剣を振りかぶってきたところで――ゴブリンスケルトン頭部が消失した。

「第五階梯・火之迦具土（ヒノカグツチ）」

こちらに飛んできた熱線が後方の壁に接触する。

半日ほど前に見た光景と同じだ。壁に当たると同時に魔法効果が四散していった。

何事かと思い目を凝らす。すると、穴の外にはボロボロになった少年の姿が見えた。

「……飯島君？」

走って外に出る。

そこには満身創痍(まんしんそうい)となった飯島君とその召喚獣、そして篠塚さんの姿があった。

そして、彼らが通ってきたと思われる通路には、おびただしい数のゴブリンスケルトンの残骸が転がっていたのだ。

状況を見るに、回復もロクにできていない。ＭＰの残量もほとんどないのだろう。

「ギリギリ間に合ったようですね」

飯島君に急いで駆け寄った。

そのまま、私は広範囲の高位ヒールを放った。

全員に効果範囲が行きわたっていることを確認しつつ、問いかける。

「そんな状態でどうして助けにきたのだ？」

「いや、当たり前のことだと思いますが？」

「私は君たちとの同盟を拒否したんだぞ？　途中で帰還ポイントがあったはずだ。危険を冒してまで、何故君は助けに来たんだ!?」

そう尋ねると、飯島君は真顔でこう言った
「人を助けるのに理由なんて必要なんですか？」

不思議そうな顔をしている飯島君に、私は頭にガツンと衝撃を受けた。

ああ、そうか……。

これは長らく忘れていた感情だ。

みんなが少しずつおかしくなり、みんなが少しずつ忘れ、やがては多くのプレイヤーの中から消え去ってしまったものが……これだったんだ。

そう、これが人間だ。

無理を承知で苦難に立ち向かい、危険を承知で助けに走る。

これこそが、あるべき人間の姿だ。

今まで、私は何をしていたのだろう？

大の大人が危険を恐れ、逃げまどい、挙句の果てにはこんな子供に命を張らせてしまうとは……。

体が震え、視界がかすむ。情けなくて、涙がとめどなく溢れてきた。

「すまない……すまない飯島君……」

「さあ、帰還ポイントに向かいましょう。田所さんが最後ですよ。死亡者は四名出てしまいましたが……他の人は無事です」

こうして――。

私たち《龍の咆哮》と飯島君たち《暁の旅団》は正式に同盟を組み、共に《憂国の獅子》と対峙する道を選んだ。

確かに今林さんを敵に回すのは恐ろしい。が、私はもう逃げない。

情けない大人の姿を飯島君にだけは二度と見せないと、そう心に誓ったのだから。

第三幕

義理の父との決着

さて、五大ギルドマスターが集まるオークションが翌日に迫った。

恵によく似た子も、クソ野郎に落札される予定ということだ。俺としても絶対に引けないデッドラインがその日になる。

と、まあ、色々と準備していたわけだがこれで最後だ。

総決算となる作業を詰めるべく、俺は今、ラヴィータ皇国で不死皇と呼ばれる人物の寝室にいる。

つまりは、今、俺は《タイガーズアイ》のギルドマスターの眼前にいるわけだ。

「な、何だ……貴様らは？　どうやってここに忍び込んだ!?」

顎ヒゲをたくわえて、皇国では絶対権力者として恐れられている皇帝だ。

が、寝室でパジャマ姿で狼狽えている姿になってしまえば可愛いものだな。

そんな皇帝の疑問にツクヨミが答えた。

「――さすがに警護が厳しかったけれど。こちらは貴方達の知らない隠密スキルを持っているから」

影渡りと月闇の衣。

この合わせ技のコンボは、レベル140のゴブリンキングにすら通じた戦法だからな。

皇城に出入りする人間の影に潜み、あとは偉そうな連中の影を渡りに渡る。

そうやってここに辿り着いたのが、手品のタネとなる。

「私は《暁の旅団》に所属している飯島という者です。不躾な訪問についてはお詫びします」

「い、飯島だと!?」

さすがに俺の名前は知っているようだな。

まあ、他のギルドの長のところを訪問した時にもそうだったんだから、それは当たり前か。

「ギルドマスター……いや、陛下と呼んだ方が良いでしょうか？　ともかく顔色が優れませんね。とりあえず水をどうぞ」

寝台の脇にあったテーブルからコップを差し出した。

言われるがままにコップを受け取ったので、そのまま水差しで並々と水を注いであげる。

「毒でも入っているのではないだろうな？」

よほど気が動転しているらしい。

突っ込むべきはそこじゃないだろうと、思わず俺は苦笑する。

「別に飲まなくても良いですよ」

と、その時――。

寝室の窓ガラスが割れて、ギルドマスターの持つコップが破裂した。

これはアリスの超長距離射撃によるもので、十キロほど先からの狙撃になる。

「な――――――っ!?」

そのまま、次々と寝室の花瓶やら何やらが割れて炸裂していく。

ギルドマスターはその様子をただただ呆然と眺めているだけだ。

香織さん曰く、《龍の咆哮》以外は、現地民に滅茶苦茶やってる連中らしいからな。

暴力を日常としている連中に下手に出たら、上手くいくものもまとまらない。

まずはガツンと一発かますのが肝要だ。そこから交渉に入るのがスタンダードだろう。

まあ、つまりは――。

ツクヨミが陰で動いていた案件とは、こういうことだ。

クソ野郎は俺がアブラシルで動いていたと思っているし、実際に俺は今もアブラシルに存在している……ということになっている。

友好関係を装って商会にも顔を出しているし、冒険者ギルドで慈善活動に毎日勤しんでる。

そこらのアリバイはバッチリだ。

じゃあ、アブラシルで動いていた俺は何？　となるんだけど、それはつまり……ツクヨミの作ったドッペルゲンガーだ。

召喚獣は召喚士の半径五十キロ圏内にいなければならないという縛りがある。

だけど、別に俺の意識がそこにある必要はない。

なので、気絶した俺の本体をケルベロスが担いで、召喚獣が動ける拠点に置いて警護して——。

意識だけは大体アブラシルにいたんだけど、本体は別の場所にいたということだな。

召喚士の縛りは当然ながらアイツも知っているので、これは完全に理外の刃。

《転移門》で世界中を飛べる前提がないと成立しえないことでもある。

で、それぞれのギルドマスターに、ツクヨミが俺の力を示した上で、口説きまわっていたというわけだ。

ちなみに、もう一つのギルドを口説き落とす時は、もう少し大人しく慎重にやった。

だが、今回は仕方がない。だって、オークションは明日なんだから。

「そして……不躾な武力の誇示についてもお詫びいたします」

「何をやったんだ!?　これは何をやっているんだ？」

「クランコインで買える銃器による超長距離射撃ですよ。《暁の旅団》を襲ったレベル99の面々にも、銃弾による眼球の精密射撃は有効でした」

「な……何が言いたいんだ君は？」

「闇夜に皇帝の寝室に忍び込み、コップに超長距離射撃すら可能なわけです。つまり――私たちにはこういうことができる。まずはそれを理解いただきたい」

ゴクリ……と、皇帝は息を呑む。

つまりは、いつでも殺せるぞということを暗に伝えたということだな。

さて、ここらで状況を認識してくれたようなので、俺は単刀直入にこう言った。

「我々との同盟を願いたいんです。了承していただけませんか？」

「ど……同盟だと!?」

「今林の率いる《憂国の獅子》は他の全てのギルドに対して害悪です。それが故に、無礼を承知で私は今……ここにいるわけです」

「し、しかし君ねえ……、いきなりこんなところに現れて、そんなことを言われても……」

間髪を容れず次のカードを叩きこむ。

俺は懐から血印契約書を取り出した。

「これは……？」

「他のギルドは既に我々と対《憂国の獅子》に対して大連合を組むことに賛同しています」

「……本当か？」

「嘘だと思うなら、確認してもらって構いません」

「これは……確かに血印契約のようだな……」

皇帝は食い入るように文言に目を落としている。

さて、あとは今林とアガルタの鍵の話をすれば、水が流れるがごとくにこちらに落ちるだろう。

まあ、そもそも――。

レベル99のプレイヤー二十人を返り討ちにした事実。

そして、レベル125及びレベル125相当の召喚獣、それにツクヨミの絶対不可視スキル。

それと、これまでのこの世界でのアイツのヤバい言動と行動の数々は周囲の知るところでもある。

そうして、アガルタに行き来している存在である、俺の力を実際に見せつける。

まあ、これだけお膳立てが揃っていて、これができない方がどうかしている。

つっても、アイツが油断せずに、アガルタの鍵をケチらなかったらヤバかったけどな。

アガルタに潜っている仲間を呼び戻して、ガチで四大ギルドの結束を固める方向で来ていたら、ここまで上手くいかなかっただろう。

が、アイツの性格は重々承知だ。全てが想定の範囲内。

さて、全ての準備は整った。

俺は書類に目を通している皇帝を横目に、窓から空に浮かぶ月を眺めた。

決戦は明日だ。

たった一撃。この一撃で、あのクソ野郎の息の根を止める。


——二の矢はない。

†

オークションは、アブラシル近辺を統べるナターリア王国の王城で行われていた。

参加する面々も、錚々たる顔ぶれだ。

プレイヤーや各国の皇族や王族、あるいは聖教会の重鎮などの超上流階級で固められている。

しかし、王城で堂々とは中々に豪胆なことと思う。

更に言えば、今この場所は王の玉座の間だからな。

そこに特設されている宴会場なんだが、でも、玉座の間だぞ……？　マジでやりたい放題なんだなと、何とも言えない気分にならざるをえない。

ちなみに、ここはプレイヤーギルドの幹部しか入れない場所ということだ。

と、そこで、タキシード姿の俺はクソ野郎に声をかけられた。

「おお、久しぶりだな忍。おい、酒の一杯くらいは呑めるだろう？」

同じくタキシード姿のクソ野郎に勧められるが、首を左右に振った。

「いえ、結構ですよ今林さん」

「お前……俺の酒が飲めないのか？」

急に空気が変わり、ジロリと睨みつけられた。

「……じゃあ、一杯だけ頂きます」

ワイングラスを手渡され、ほとんど飲まずに申し訳程度に口はつけておく。

これから先が大勝負って時に、まさか酔っぱらうわけにもいかない。

「ははは！　俺の言うことを聞いとけば優しくしてやるからな」

「ええ、それはもう。今林さんとは友好関係を築いておきたいのは私もそうですしね」

クソ野郎は上機嫌になった。

そして、ワイングラスをグビグビと傾け、酒臭い息を吐いた。

「そうそう忍。後で一緒に奴隷剣士の闘技場でも見に行かないか?」

「そんなものがどこにあるんですか? ここは王都の王城ですよ?」

「はは、二百年前に地下に特別に造らせたんだよ。そこで今、俺は四十人程度の奴隷剣士を飼っていてな」

それはもうやりたい放題どころの騒ぎじゃないぞ。

王城がその有様なら、この国でどんな悪逆非道の限りを尽くしたのかは……想像もつかない。

俺は淡い頭痛を覚え、その場で倒れそうになる。

「……そうですか」

「もしも戦いを見ている最中に、殺したい奴を見つけたら飛び入りで出場しても構わんぞ?」

「……まあ、遠慮しておきます」

「そう言うな忍よ。そこそこ強い重装甲騎士相手に素手でいくと面白いんだよ。相手が何をやってもこっちには攻撃が効かず、逆にこちらのパンチ一発で甲冑がひしゃげてな……ふふ、中途半端にタフなもんだから一撃で死ぬこともできないんだよこれが」

「それは……中々に楽しそうですね……」

ゲンナリとして応じる。

が、クソ野郎はそんな俺の様子はおかまいなしだ。

「相手の怯えた顔を見た後に飲む酒がまた美味いんだよっ！　俺以外にもこれが好きな人は多くてなぁ……！」

全くもって、聞くに堪えない。

本当のゲームなら、遊び半分でそういうことをする奴がいるのは理解できる。

いや、違うか。本当にゲーム感覚だから、そういうことをしているんだろうな。

こいつに関しては元々の性格からだとは思う。

他のプレイヤーに関してはゲーム内で少しずつ……自分の圧倒的な力に溺れて、そうなっていってしまったんだろう。

胸糞が悪くなる話だが、同時にとても悲しくなる話でもある。

「で、今林さん、話を早く進めましょうよ。血印契約の話ですよね？」

「おお、そうだそうだ……全員揃っているな、良し！」

香織さんも含めて、この場に五大ギルドマスターの全員がいる。

そのことを確認し、クソ野郎はパンと掌を鳴らした。

すると脇に控えていた黒服が、木箱から龍の皮でできた巻物を取り出した。

「こちらに書類は用意している。確認してくれ」

手渡された巻物を開くと同時、クソ野郎は他のギルドマスターに声をかけ始めた。

まあ、この契約の現場については、俺を取り込んだと言うデモンストレーションをするための場だからな。

「それじゃあ忍。他のギルドマスターの皆様も集まった。文言の確認を終えたら、俺とお前の友好の証にサインをしなさい。お前とは色々とあったが全て水に流そうじゃないか」

命令形で言っているのは、やはり他のギルドマスターに対する牽制ということだろう。

あくまでも同盟関係なのは自分であり、俺という牙はいつでも他のギルドに向く可能性がある。

故に、自分には逆らうな。

その意図が言外に含まれているのは、この場の全員が理解していることでもある。

「ええと確認を終えたら……そうだな、こちらのテーブルの上でサインだ。俺の分は最初にサインしているから……ん？　どうした？」

俺が巻物の持ち方を変えたところで、クソ野郎が声をかけてきた。

「何だその持ち方は？　まるで契約書を破ろうとするような……冗談にしても笑えないぞ？」

ビリビリと契約書を破り捨てる音。

オーダーが入ったので、要望通りに破き捨ててやったわけだ。

「お、お前……っ！　何をしているんだ!?　龍の皮の紙は超高級品なんだぞ!?」

ズレた上にケチな野郎だな。

突っ込むべきはそこじゃない。それにお前ならそれくらいの値段は屁でもないだろうが。

「急に気が変わってな。どうにもお前と仲良くするってのは……寒気が走ると思ったんだよ」

「おい、忍……正気かお前？」

クソ野郎は舌打ちをしてから周囲を見回した。

「そんなことをすれば俺だけじゃなく、他のギルドマスターとも敵対することになるんだぞ？」

「……」

黙っている俺に、何かを勘違いしたのかクソ野郎は勝ち誇った表情でまくしたててきた。

「いくらお前でもレベル99の人間から総攻撃を受ければ耐えられない。この前の二十人はお前の対策を何もしてないから敗れただけだ。対策の上で押し包めば、お前なぞ恐れるに足らんのだぞ？」

まあ、その前提はゴブリンキングのアクセサリーの関係で、かなり怪しくなってるけどな。

それでもそこは認めよう。

あの時に討伐したゴブリンの数は百を軽く超える。

そして、ゴブリンたちはレベル99のプレイヤーを凌駕(りょうが)する力を持っていた。

でも、ゴブリンと人間は違う。ゴブリンはどこまでいってもゴブリンだ。

けれど、人間は装備を変えることもできれば、メンバーの組み合わせを変えることもできる。

　全ギルドのレベル99のメンバーが、召喚士対策……いや、俺だけを的にかけて対策をガチガチに固めてきたとしよう。

そうすれば、どうなるか？

レベル差があるとはいえ、俺でも厳しいとはっきりと断言できる。

「そう、確かにここにいる皆さんを相手にすれば、俺はボロ雑巾のように殺されるかもしれねーな」

「『かも』ではない！　絶対にそうなるー」

「さて、そこで質問だ」

コホンと咳払いと共に、今度は俺が勝ち誇った表情を浮かべる番だった。

「はたして、皆さんはどちらの味方ですか？」

まずは香織さんが俺の横に立った。

そうして、次に《龍の咆哮》の田所さんが逆サイドに立つ。

残りの二人も俺の後ろについたところで、クソ野郎は素っ頓狂な声を上げた。

「……はぁ？」

「と、まあこういうことだ」

「な、な、な……何を言っているんだお前は!?」

「だから、こういうことだって言ってんだろう？」

と、その時――。

クソ野郎の表情に、初めて明確な焦りの色が生じた。

サイド：今林歩

ああ、クソッ！

忍の勝ち誇った顔が忌々しい！

しかし、この状況は一体全体どういうことだ？

「皆さん、馬鹿な真似（まね）はよしましょうよ！　冗談……冗談ですよね？」

「今林さん。さすがにこの状況で冗談は言わないだろう？　いくら私がお笑い好きだと言ってもね」

そう言ったのは《龍の咆哮》の青瓢箪（あおびょうたん）——田所だ。

このクソ眼鏡は昔から何かと篠原の肩を持って、うっとうしいことこの上ない相手だった。

まあ、一喝すれば黙り込むような男だったので捨て置いていたのだがな。

ともかく、こいつについてはこう言っておけば間違いない。

「私……いや、俺を敵に回すって言うのか？　田所よ」

「だから、そうだとさっきから私も……そして飯島君も言っているだろう？」

何だこの男の表情は……？

覚悟を決め、悟りを開いたみたいな顔をしおってからに！

どことなく強気の時の忍と雰囲気が似ているだけに、余計に腹が立つ。

とりあえず、こいつは俺とやるつもりみたいだな。

他の面々……篠塚香織は論外として、他の二人はどうだ？　こいつらなら俺と同じ穴のムジナだし、今更裏切るとは考えにくい。

そんなことを考えていると、今度は《タイガーズアイ》のギルドマスターが口を開いた。

「飯島君の力……あれってアガルタですよね？　それで貴方もアガルタへの鍵を持っているって話ですが、いつから隠していたんですか？　もう、はっきりと言いましょう……どうしてお前は俺たちを出し抜こうとしたんだよ！」

ここで、俺は全ての事情を察した。

ここから、口八丁手八丁でどうこうするにしても……この状況ではあまりにも分が悪い。既に忍に言いくるめられていて、何を言おうが取り繕うことすらできないだろう。と、そこでジリジリとシャツの脇の部分が濡れていることに俺は気づいた。

不快だ。あまりにも不快だ。

全てはこいつが元凶か……と、俺は忍を睨みつける。

「忍……お前がずっとアブラシル近郊にいたのは確認している。さすがにアガルタの実例……力を見せつけるには直接この連中と会う必要があるはずだ。何をやった？」

「俺は瞬時に世界中を移動する手段を持っていてね。それについては……アガルタで手に入れたとでも言っておこうか」

アガルタで、そういうものがあるとの報告は受けていない。

あるいは、未踏破領域にそういうものがあるかもしれないが……。いや、現地の古代遺産でもそれはありえるのか？

色々な可能性はある。

が、ともかくこいつにはそれができるということだ。そうでなくてはこの状況は作り出せないだろう。

「だが、確かにアブラシルにいたのはお前本人だったはずだ。召喚獣の姿も確認できていたし、それはどうやったんだ？」

「ツクヨミのドッペルゲンガーを作り出せるスキルを知らないのか？　そして、俺は世界を瞬時に移動できる。ここまで言えば分かるだろう」

言葉が出ない。

つまりこいつは……俺を油断させるためだけにアブラシルにいるように見せかけていたのか？

通信球で話をしたときも、あれもこれも全部が演技で、俺は……こいつの掌の上で踊らされていたのか？

「ってことで、チェックメイトだ。クソ野郎」

詰み……だと？

こいつは何を言っているんだ。

俺に対して、十年も育ててやった義理の親に対して……チェックメイトだと？

「ところで、今林。お前のレベルはいくつなんだ？　さすがにお前はレベルキャップを外してんだろ？」

俺の現在のレベルは100だ。

が、馬鹿正直に答える理由はない。

レベルキャップを外しただけで、レベリングをしなかったことが悔やまれる。

いや……。仮にこの状況になると分かっていても、それはできなかったと断言できる。

レベル１００以降、経験値を積むには最低でもレベル80以上の魔物を狩る必要がある。

もしも、クリティカルの連発を食らったらどうする？

高レベルのダンジョンに潜って、即死持ちがいたらどうする？　蘇生や回復を受け付けない呪いをもっていたらどうする？

非常に低い確率だが、何事にも万が一はつきものだ。

そんな危ない橋なんて、渡れるわけがない。

レベリングをやるにしても、アガルタの装備なり魔法なりスキルなり、それを全て手に入れてからだ。

その上で安全マージンを慎重に慎重に重ね、時間をかけてやる以外にない。

その意味ではレベリングをしなかったのは……今考えても適切以外にやはり言葉がない。

「さあ、観念しろ……今林！」

不味い。

不味い、不味い不味い不味い！

ドバッと脇から汗が噴き出し、同時に背中に冷たい汗も流れる。

下の警護詰め所にレベル99は何人いた？

いや、何人いたところで……。四ギルドのこいつらが引き連れている人数と、忍を相手にして止められるわけがない！

なら、どうするか……？

口惜しいが、俺に残された手段はもはや……これしかない！

「……それじゃあな忍っ！」

ボンッと破裂音。はは、見たか！

これぞ『職業：忍者マスター　レベル99』の妙技なり！

そうして、俺は不可視の黒煙幕と共に、階下の警護詰め所へと向かうべく——いや、アガルタ攻略チームとの連絡を取るべく走り出したのだった。

猛速度で王城内の階段を駆け下りる。

忍者マスターの特性上、足の速さで俺を上回るのはシーフ系の職業だけだ。

シーフ系は不人気職で、あの場のメンツにもいなかったはずだ。

けれど、忍だけは分からない。忍はレベル125という異次元の領域に達している。

アイツだけは、本当に何をやらかすか分かったものではない。

祈るような気持ちで背後をチラリと見やる。が、追跡の気配はない。


——よし、これで勝った！

確信すると同時、懐から急いで通信球を取り出した。通信先はもちろん、アガルタにいる攻略チームを率いる神楽だ。

あの男と攻略チームさえ来てくれれば、ここからの逆転も十分に可能。アガルタの鍵が都合十本分……痛すぎる出費だが、この際、もうそんなことは言っていられない。

早く出ろ、早く出ろ！

焦る気持ちで返答を待っていると、すぐに通信球が反応した。良し、でかしたぞ神楽！　素晴らしい返答速度だ！

ここに来て過去最高速度でのレスポンスとは、さすがに俺の切り札だけはある！

「ああ、今林か」

「神楽か！　急ぎの話だ！」

「緊迫した状況のようだが……どうかしたのか？」

「この前に話をしていた飯島忍だ！　アレが俺を殺しにかかっている！」

「で、俺にどうしろと？」

淡々とした口調の神楽に若干の違和感をおぼえる。

が、ともかく今は早く用件を言わなければ。なにしろ、帰還するとなれば話は早いからな。

五分以内に神楽たちは俺の所に転移してきて、奴らを蹴散らしてくれるだろう。

「今すぐ、お前の部隊を全員引き連れて戻ってこい！　金ならいくらでも出す！」

「残念だがお断りだ」

「……何？　お前は金目当てで俺に付いてきているんじゃないのか？」

何を言っているのだこいつは。

そんなことをすれば、今まで積み上げてきた報奨金が全てオジャンになるんだぞ？

「ああ、そうだ。俺はドル以外は信じない」

そういうことかと俺は理解し、大きく頷いた。

「もちろん報酬はドルだ。いくらでも出してやるぞ！」

「確かに、俺はドルが貰えればそれで良い」

「そう、そのとおりだ。金だけは裏切らないとお前はいつも言っていたよな？　それは正しい言葉だ、だからこそ俺はお前を信用して――」

「だがな今林よ。俺の信じるドルについても例外が一つあるんだ」

「……例外だと？」

神楽は一呼吸置き、軽いため息と共に言葉を続けた。

「俺が昔……外国人部隊で部隊丸ごと切り捨てられたことは知っているよな？　翌日には上官を殴り飛ばして除隊したのは知っての通りだ。それ以来――俺は仲間を見捨てるヤツが持っているドルについてだけは、信じないことにしているんだ」

は？　何を……何を言っているんだこいつは？

「最後のチャンスのつもりだったんだがな。レベルキャップを外した後ですら、お前は自分だけは安全なところにいてレベルも上げなかった。しかし、お前は俺を……いや、俺の部隊の仲間を、レベリングと称して死地に送り続けた。実際に人も死んでいる」

「待て、神楽……？　お前……何を言っているんだ？」

「何がどうしてこうなったかは、そちらにいる冥府の王に聞けば良い」

「冥府の王？　待て、待て神楽！　金ならいくらでも出す！　何なら俺の全財産の半分をあげてもいい！　二十億円や三十億円じゃないぞ！」

「だから、俺はドルなら一億ドル以外は信じないと言っているだろう」

「ええい、ドルなら一億ドル以上は出せる！　頼むから俺を助けてくれ！」

「さっきも言ったが、俺はお前が持っているドルは信じないんだよ」

「待て、待て、待て待て待て！　話せば……話せば分かるはずだ神楽！」

「それじゃあな今林。お前の残したアガルタの権益は――部隊丸ごと俺が引き受ける」

と、そこでプツリと通信が切れてしまった。

半ば放心状態となった俺は頭が上手く回らず――。

そのまま、当初の目的地と定めた、レベル99の人員が詰めている警護詰め所に辿り着いた。

ドアを開き、フラフラと中に入っていく。

室内に入るが思考が上手くまとまらない。

ここにいる人員は三十人はいる。が、この手勢で忍たちを何とかするだと？

二十人を一人で返り討ちにしたアイツが、他のギルドマスターを巻き込んでいるんだぞ？

「今林さん、こんなところに来るなんてどうしたんですか？」

そう尋ねてきたのは側近の村上だった。

「状況説明は後だ……迎撃の用意をしろ！」

ともかく、今は時間を稼がないと。

こいつらを盾にして……どうにかこうにか俺が逃げる算段はないものか？

と、そこで、周囲の視線がおかしいことに気が付いた。

さっきから、こいつらの注目は俺に集まっているわけなんだが……。

でも、これは俺を見ているというよりは……むしろ俺の背後を……？

それに、どうしてこいつらは驚いた顔をしているんだ？

嫌な予感と共に、背後を振り向いた。

「スキル：月闇の衣」

気づけば、俺の背後にゴスロリ姿の少女が立っていた。

青白いとまで言っても差支えのない、白磁の肌。

そして、その眼差し(まなざ)だけで、部屋の温度が下がったように感じる——そんな冷たい瞳を持った少女だった。

「……誰だお前は？」

「月の神よ」

忍の召喚獣のツクヨミか。

俺の影に潜んでいたと言っていたが……一体いつからだ？

いや、ひょっとしたら……。

忍はあの場から逃げた俺に、追いつけなかったわけではなかったのか？

追いかける必要がなかったから、最初から追いかけなかったということなのか？

「それであまちゃんはー、つきのかみのおねえちゃんなのですよー」

続けて、いつの間にか巫女姿の幼女がツクヨミの横に立っていた。

何だこの幼女は？

そう思った時に、俺はこの場における最悪の可能性に思い至った。

——密集状態。

——王城における、俺のほぼ全戦力が今ここに集まっているという事実。

――そして、幼女の召喚獣。


この組み合わせから、考えられる最悪の可能性と言えば……もはやアレしかない。

確信してしまったと同時、肺から悲鳴のような声が漏れ出てしまった。

「うげぇ……アマテラス……っ!?」

それは、悪夢の代名詞。

それは、核分裂の更に先。

それは、核融合の更に先。

それは、魔力による直接的質量変換。

「第六階梯　質量変換爆撃：E＝mc²」

アマテラスがそう告げると、破壊の光と共に一面が真っ白に覆われた。

ご丁寧なことに、空間断絶を施して周囲に被害を出さないようにした上で。

†

「何故……俺は生きている？」

目を覚まして呟いた最初の言葉がそれだった。

はたして、ここはどこだろう？

内装から王城であることは間違いない。窓の外の風景を見るに……一階の通路だろうか？

「ねえ……？」

背後から声が聞こえた。反射的に振り向くと同時、俺は叫び声をあげた。

「来るな、来るな、来るなあああああああ！」

十メートルほどの距離が離れてそこにいたのは先ほどのツクヨミと、巨大な黒い犬だった。

頭が三つある……ケルベロスか。

これもやはり、忍の召喚獣だ。

勝ち目はない。瞬時に判断した俺は、奴らとは逆方向に全速力で走った。

「本当に情けない男ね。レベル99以上なら……捨て身で来れば傷くらいはつけられるのに」

そんなことをするつもりは毛頭ない。

そもそも、俺は一度だって本気の戦いなんてしたことないんだからな。

模擬戦も木剣だし、痛くないようにガチガチに装備を固めていた。

相手が真剣を持っているような実戦経験と言えば、レベル30以下の現地民をいたぶる時……その程度だ。

そんな俺を捕まえて、捨て身で来いだと？

全く、バカバカしいにもほどがある。

……違う。そのせいだ。そうやって生きてきたからこそ、俺は……今、逃げることしかできないでいる。

だが、それこそが俺の特権だったはずだ。

政治力と金の力でギルドマスターへと昇りつめた……そんな俺だからこそ、危険は部下たちに押し付けることができたんだぞ？

俺だって頑張ったんだ！　頑張って特権を得たんだ！　それを使うのは当然の権利のはずだ！

まさか……っと思って後ろをちらりと見ると、ツクヨミが「ばあっ！」っとおどけた声と共に、俺の影から生えてきた。

その瞬間、ツクヨミは鎌を一閃させて、パチィンッと乾いた音が鳴った。

これは……アキレス腱の切れた音か？

俺の両足に激痛が走り、急に言うことを聞かなくなった。

　バタリと前方に倒れながら、痛みに耐えかねて叫んだ。

「ぎゃあああ！」

「さあ……這いつくばって逃げなさいな」

　言われずとも、最後まで足掻いてやる……っ！

　足掻いて足掻いて生き残って、最後に生きるのは俺だ。

　見ていろよツクヨミ……。逆転したその時は、四肢を切り取ったうえで発情オークの群れの中に投げ捨ててやる。

　泣いても叫んでも許してやらんからな。

　この俺にこんなことをしておいて……絶対に後悔させてやる！

「ふふ、逃げ場はあそこのドアしかないわよ。さあ、行きなさい――自分から地獄にね」

　その言葉で俺はゾクリとうすら寒いものを感じた。

「お、俺を……どこに連れて行こうと……!?」

「私は行きなさいと言ったのだけれど？」

　容赦の欠片もない一撃だった。

　同時に、横っ腹に突き刺さったのは、力任せのサッカーボールキックだった。

「あぎゃあ！」

　叫びながらも、俺は這いずり回りながらドアへと向かっていく。

……屈辱だ。

こんな小娘に追い詰められ、芋虫のように這わされて……。

オマケに、向かう先は地獄ってどういうことだ？

屈辱と同時に、俺の心に恐怖の波紋が広がっていく。

「はい、そこで一旦ストップ。ええと、窓はここが最後ね」

そう言うと、ツクヨミはすっと手を挙げた。

すると窓が割れると同時に、激痛と共に俺の視界の半分が暗闇になった。

「なっ!?」

そして、ツクヨミは再度すっと掌を掲げる。

すると、すぐに激痛と共にもう半分の視界が真っ暗になった。

半分と半分で、合わせてこれで全ての視界が暗闇だ。

「ぎゃあああああああああああ！」

激痛の中、ただ叫ぶ。

魔法を食らった？　状態異常？　失明？　治るのか、これ？

暗闇の中で様々な疑問が沸き起こる。心は不安と絶望の二色に染まっていく。

「しかし、本当にアリスは役に立つ子に育ったわね。容赦がないところとか……私の好みよ」

「や、やめ……もうやめ……やめて……止めてください……」

人生で恐らく初の、慈悲を乞う懇願だった。

しかし、その懇願はピシャリと冷たい声色で即時に全否定されることになる。

「止めないわ」

「そ、そんな……そんなぁ……」

「さて、これで仕上げよ」

今度は両手首に激痛が走った。

こちらも腱が切られたのか、すぐに両手が言うことを聞かなくなる。

そして、更なる激痛の中、俺は現状を認識して絶望の泉に突き落とされた。

つまりは逃げるどころか今……目が見えない上に……手足が……動かない……と。

「さすがにもう動けないみたい。よろしくケルベロス」

湿った生暖かい息を感じた。

次の瞬間、俺の体は粘液に包まれた。

続けて、固い何か……恐らくは巨大な牙に当たっているのを感じ、同時にザラザラとした舌の感触を感じた。

宙に浮かぶ浮遊感。

ドシンドシンと足音と共に、地震のように体が揺れる。

そして、ドアを開く音。

直後に、階段を降りているような感覚を覚えた。しばらくの後、再度ドアを開く音が聞こえてきた。

どこだ……どこに連れていくつもりだ……？

そうして一連の移動の終着点。

そこで、群衆の大歓声が俺の耳に届いてきたのだった。

同日、同時刻　サイド：ガブリエル

王城の奴隷オークション受付――。

王家の宝物庫を改造した一室の前で、私は黒服に挨拶の言葉をかけました。

「こんにちは」

香織さんから貰った書状を差し出します。

「ほう、神人の方からのご紹介ですか」

すると、黒服の品の悪い男が私に……劣情染みた嫌らしい視線を向けてきました。

私の見目が麗しいのは肯定します。が、正直、不快です。

「奴隷オークション会場に向かわれるのですか？」

「……」

「貴女様もお好きですね」

クックックッと、黒服は何を考えているか一瞬で分かる低俗な笑みを浮かべます。

本日二度目ですが、正直、不快です。

「貴女様は拷問でいたぶるのがお好き？　それともただの同性愛？　まあ、ご存じかもしれませんが、ご説明を差し上げますね」

「……」

「舐めて等の直接的な味見や、あるいは胸や股間、あるいは臀部などへのお触りは禁止です。今回のオークションは特上品ですので、美術品に準じた扱いになりますのでご了承を」

「……」

「なお、プレイルームも用意していますので、そういった行動は……買った後でそちらでお楽しみくださいますように」

「……」

「また、当然ながら、購入後の奴隷に対しては、殺人も含めた全ての行為が認められております」

「……」

「現在、入られてすぐの場所で全ての商品の展示を行っております。以上、ルールを守って、オークションをお楽しみくださいませ」

深々と黒服が頭を下げてきました。

そして、彼は頭を上げると同時、「は？」と素っ頓狂な表情を浮かべたのでした。

それもそのはずです。

まるで、砲丸投げでもするのかという勢いでしたからね。

つまりは、私が体を回して、拳を――振りかぶりに振りかぶっていたのですから。

そうして、私は最低限の礼儀を示すべく、挨拶の言葉と共に拳を繰り出しました。

「それでは、さようなら」

ためにためた――弓矢のように引き絞りに引き絞った、渾身の右ストレートでした。

「あびゅばあっ！」

二十メートルでしょうか？

その程度の距離を真っすぐに黒服は突き進み、廊下の壁に激突しました。

そうして人形に壁に穴が開いて突き抜けていって――音から察するに、まだ色々と破壊しながら飛んでいるようですね。

まあ、黒服のその後など、案ずる必要もないでしょう。

「さて、シノブ様の妹君のところへ向かいましょうか」

そう呟き――私は目についた黒服を片っ端からぶっ飛ばしながら――オークション展示会場に向かったのでした。

サイド：今林歩

「今林。私の同行はここまでよ」

真っ暗闇の視界の中。

突き放すようなツクヨミの言葉の直後、俺は落下の衝撃に呻いた。

「それじゃあ……グッドラック」

グッドラック？　何のことだ？

そもそも、この大歓声は何なのだ？　と、そこでやけに陽気な大声が聞こえてきた。

「レディース&ジェントルマン！　それでは本日のメインイベントです！　本日、司会は私――ハンニバルが務めさせていただきます！」

メインイベント?

何が……何が起きようとしているのだ?

「それではただいま、地下奴隷闘技場に入場しましたこの人物のご紹介です!」

わ――――っとばかりに拍手喝采が起きる。

地下……闘技場? 何故? どうして……こんな場所に俺が……?

「皆さまご存じ、ウイリアム公爵領串刺し事件! 減税を唱えた、慈悲深き公爵が領民丸ごと串刺しにされ、領地を彩るオブジェになったのは記憶に新しい方が多いのではないでしょうか?」

確か十年前だったか?

俺の意向に背いたので制裁を加えた男に、そんなやつがいたはずだ。

「あるいは、ジーナス街少女献上事件! 十二歳から十九歳までの全ての少女が衛兵に連れ去られ、二度と戻ることはありませんでした!」

それも記憶がある。

確か二十年ほど前、その街で見かけた少女が気にいったのだ。

が、後になってどれだけ捜させても見つからず……。

面倒なので街の二十歳以下の女を丸ごと連行したのだった。確か、目当ての女以外はゾンビにしてギルドメンバーのネクロマンリーの配下にしたのだったか?

「あるいは今、この奴隷闘技場で戦う戦士たちです！　全てが高名な冒険者や武術家である彼らですが……ああ、無残！　神を気取る圧倒的暴力を扱う者たちに、ここに連れてこられたのです！　そして無理やりに生き死にの勝負をさせられる生活が始まりました！」

目は見えないが、視線を感じる。

憤怒(ふんぬ)に燃えた奴隷戦士たちの瞳から発せられるであろう――もう待ちきれないとばかりに、今にも暴発せんばかりの熱い視線だ。

「そして私事で申し訳ありませんが、私――ハンニバルもそんな悲しい事件で家族を失った一人であります。そんな悲劇の全てはこの男の仕業なのですっ！　さあ、家族を攫われ殺されたお集まりの亜人の皆様！　歓声と拍手をお願いします！」

なるほど……。

俺に恨みを持つ連中で、この場を固めたということか。

なんと……なんと残酷なことを……。

到底これは、人間が人間に行う所業とは思えんぞ？

「今現在、芋虫のごとき様相の彼ですが、それもそのはず手足の自由を奪われ目も見えず動けません！　そして、その無様なサマを見せつけているこの男こそ――四百年前からこのアブラシル一帯を裏で牛耳り、富を吸い上げ、暴虐と非道の限りをつくした――」

大きく、大きくハンニバルは息を吸い込み、怒りの力を声に変え、あらんばかりの大声で叫んだ。

「アユム＝イマバヤシ！　その人なのです！」

そんなハンニバルの大声だったが、歓声にすぐに打ち消されてしまった。

熱狂とでも言うべきだろうか？

観客たちが発する、憤怒と怨念の声色に——この場の全ての音が塗りつぶされていく。

そんなことを、俺はまるで他人事のように考えていた。

「対するは、無理やり攫われて殺し合いをさせられていた男たち！　奴隷剣士——四十二名の入場です！」

ふわふわとした感覚。

まるで、幽体離脱をして、空中から自分の体を眺めているような感覚だった。

どうにも、恐怖と絶望が臨界点を越えたらしい。

長期間虐待を受けた子供で、こういうことが起きると聞いた記憶がある。

こういう風に、自分を他人のように感じることで、少しでも苦痛から逃れる。

そういう話だったたか。まあ、自分を守るための精神学的意味での……一種の逃避行動だな。

と、やはり、私は他人事のようにそんなことを考えていた。

ははは、不思議だな……こんな状況だと言うのに、心は落ち着いている。

「さあ、彼らの燃える瞳を見てください……やる気は十分です！　アユム＝イマバヤシへのリベンジの炎が観客席にまで飛んできそうな勢いです！　さあ、それでは本日のメインイベント――！」

本日一番の大歓声が巻き起こる。

これから何が行われるかは、考えるまでもなく明らかだ。

「アユム＝イマバヤシ　ＶＳ　奴隷剣士四十二名――そして不肖ながらＡランク冒険者の私もオブザーバーとして参加いたします！　観客の皆様、いざ……刮目してご覧あれっ！」

カーンッというゴングの音。

開始の合図と共に、俺の人生の終幕が始まったのだった。

サイド：飯島忍

「そこまでやれとは……言ってないんだけどな……」

芋虫状態のクソ野郎に、奴隷剣士が斬りかかったところで俺は地下闘技場を後にした。

ツクヨミは、やっぱりやる時は徹底的にやるタイプなんだな。

まあ、一瞬だけ止めさせようとは思った。

が、それも思い直し、成り行きのままに任せることにしたのだ。

と言うのも、ハンニバルさんが前口上の際に言っていたことは、ありのままの事実だ。

あれについては、自業自得という以外に俺は言葉を持たない。

アイツは、これまで現地民に滅茶苦茶をしてきた。

そうであれば、その現地民から報復を受けるのも当たり前の話だ。

あくまでもアイツと現地民の問題であって、俺が介入すべきことではないのだ。

ともかく、これで一区切りだ。

でもまあ、アガルタ攻略チームのことは気がかりだよな。

ツクヨミ曰く、クソ野郎に比べればよほどまともな人間だったらしいけど……。

ちなみに、アガルタ攻略チームとの接触についてはイチかバチかどころか、九割がた失敗になると思っていた。

ただ、こっちもアガルタの鍵が使えることは向こうも知っている。

接触からの説得の流れについても、実は何も不自然なこともないんだ。

言ってみるだけならタダ。そんなくらいの感じでツクヨミを派遣したんだけど、見事に食いついてくれたというのが顛末(てんまつ)だ。

結局のところはクソ野郎……いや、この呼称はもう良いか。

俺の中での区切りとしても、この呼び方はもう止めておこう。

元々、父さんを追い込んで俺たちを不幸にした今林の名前を言うだけで、身の毛がよだつ程に嫌悪感を抱いていたのが原因なんだから。

ともかく、結局は全ては今林の人徳が原因だ。

全てのギルドマスターが今林のサイコパスっぷりに恐怖し、あるいは嫌悪し、そして共通して危機感を持っていた。

そして、それはアガルタ攻略チームも然りだ。

そう言う意味では、やっぱり今林は自業自得で、こうなったともいえる。

それはさておき、アガルタ攻略チームは話が通じる相手というだけで、決して、俺たちの味方になるというスタンスではなかったらしい。

あくまでも、今回の今林への追い込みについては静観という立場。

その後の出方については何も分からない。

ここの扱いについては未知数で、当然ながら油断もできない。

そんなことを考えながら王城を歩いていると、俺はすぐに目当ての部屋へと辿り着いた。

「で、ガブリエル、どうなってる？」

背筋を伸ばしたガブリエルが立っていたので、声をかけた。

「妹君に似た方はこちらに確保しております」

ペコリと頭を下げるガブリエルに「ありがとう」と声をかける。

「で、入ってもいいのか？」

「着替え中というわけでもありませんし、問題ないかと思われます」

そう言われても、女の子の部屋にいきなり入るわけにもいかない。

コンコンとノックをすると、中から声が聞こえてきた。

「……どうぞ」

入室すると、そこは可愛らしい少女趣味の部屋だった。

まるで王女様の部屋みたいだな……と思う。いや、ここは王城だから、本当に王族の部屋なのかもしれない。

と、少女と目が合った瞬間、俺は思わず声を上げてしまった。

「恵？」

見間違えるわけがない。

物心ついてから、十年以上暮らした妹だ。

これは……恵だ。俺の妹の……恵以外の何者でもあり得ない。

「お兄ちゃん？」

「……え？」

恵だと確信していたものの、予想外の反応ではあった。

と言うのも、昨日も恵のログイン予定時間は確認しているが、それでも半年以上先のことだ。

しかし、確かに恵であることは間違いない。

でも、ログインを経由せずにこの世界に来たってことか……？

あるいは、やっぱり……恵だけは異世界転生でこの世界に渡ってきた？

頭の中がこんがらがるが、今はそれは横に置いておこう。

「恵？　恵……恵っ！」

思わず駆け寄り、その体を両手で包んで抱き着いてしまった。

「でも、そんな……お兄ちゃん……？　いや、そんなわけ……でも、なんで？　なんでなんで？」

気が動転しているのか、そんなことを言う恵だったがそんなことはお構いなしだ。

これまでずっと心配していた妹との再会だ。

彼女もまた俺の背中に手を回して、ギュッと俺を抱きしめてくれた。

そうして、しばしの抱擁の後、恵は俺に離れるように促してきた。

「ごめん……恵……」

「ねえ、お兄ちゃん。あんまり時間がないみたいなんだよ」

「時間？　何のことだ？」

そう尋ねると、ニコリと笑って恵はこう言った。

「悪いことは言わないから。お兄ちゃんは早く死んだ方が良い」

「え……？」

「本当にそうした方が良いと思う。信じられないかもしれないけど繧ォ繝ォ繝榑:?ヽ　が溜まる前に……」

また、あの時と同じだ。

テレビの砂嵐のような音が聞こえて、上手く聞き取れない。

言い終えると同時に俺は絶句する。

「恵……何言ってんだお前？」

そして、その場で呆然と立ち尽くした。

すると、ガブリエルが俺の肩をポンと叩いてきた。

「……お気を確かにシノブ様」

ガブリエルの声と表情は、俺を酷く哀れに思い……同時に優しく気遣うものだった。

ガブリエルは普段は、喜怒哀楽の色を表情にあまり出さない。

そんな彼女の表情が、唇を噛みしめて、クシャクシャに歪(ゆが)んでいたのだ。

俺を見たこいつがこんな顔をしているなんて……。

今、俺はどんな顔をしているのだろう？

その瞬間に、俺の膝は意志とは無関係に折れ、視界が涙で滲んで見えなくなった。

「……消えちまったよ……恵が消えちまったよガブリエル」

「お気持ち……お察しします」

妹の恵は俺の目の前で消えてしまった。

音も立てず、何の前兆もなく……。

ただ、煙が宙に溶けるように姿を消してしまったのだ。

エピローグ
～アガルタイベント開幕～

サイド：水鏡達也

「兄妹の邂逅。どうなるかとは思ったが……」

一面の白。

地平線の境界すらも曖昧な空間の中、唯一白ではない存在……一人の男が椅子に座っていた。

パーカを羽織り、ジーンズ、そして眼帯という出で立ちの男は、テーブルの対面に座る少女にそう声をかけた。

「しかし……現地の目の一つでもきちんと受肉するものなんだな」

「この個体はお兄ちゃんと出会ってしまいましたからね……水鏡さん」

「ところで――君の目にはこの世界はどう映るのかな、恵ちゃん？」

「……いきなり大上段から切り込んで来るんですね？」

「俺は回りくどいのは嫌なんだよ」

しばし押し黙り、少女は水鏡の質問には応じずにこう答えた。

「私は……早くこのゲームを終わらせたいんです」

「……その心はなんだい？」

「少しでも多くの命を助けるために……これ以上の過ちをプレイヤーたちが犯す前に……一刻でも早く」

「なるほど、その気持ちこそが、半年以上も時計の針を進める奇跡の原動力になったのだろう。全くもって……優しい子だね」

すうっと息を吸い込み、少女は覚悟の色を瞳に込めた。

そうして、大きく息を吐きだすとともに水鏡にこう告げた。

「それでは、始めてください」

「仰せのままに、女神様」


そしてその日。

ラヴィータの世界にいる全てのプレイヤーに以下のシステムメッセージが送られることになる。

『プレイヤー：飯島恵のロストを確認。全プレイヤーのログインを確認しました。ゲームが最終段階に突入したため、アガルタイベントが開始されます』

あとがき

そんなこんなで3巻でした。いかがだったでしょうか？

今回悩んだのが『義理の父への復讐を主人公にやらせるかどうか』ということだったりするんですよね。

と、いうのもネットの一時期において、追放ざまあ・もう遅い系というのが流行っていまして……。

主人公が役立たずという理由で冒険者パーティーを追放される……後に主人公の能力が実は超有能だったと判明し、新天地で活躍するというようなものです。

ここまでは主人公最強系の1パターンとして良いんです。が、私が『ん？』となって、その流れに追従しなかったのは、この手のお話のキモは『追放した側が自滅する』というところにあります。

主人公の能力で気づかぬうちに実力以上の実績を残していた追放した側が、どんどん落ちぶれていく……で、今更戻ってきてと言われても『もう遅い』というのにつながっていくわけですね。

実は追放モノって、悪役令嬢の物語パターンの一種と断言しても良いんです。で、自身の手を汚さずに『相手が自滅』っていう直接手を下さないのも女性にウケそうな要素です。簡単に言えば、ハイスペック彼氏に振られた女性が新天地でウルトラ超ハイスペック男子にモテモテになって、前の彼氏は仕事をクビになってポンコツになったと風の噂で聞いて「あら？　そうなの？　私は幸せで良かったわー」と、言い換えれば、いかにも女性的テンプレのこういうことなんですよね。

男性向けの復讐で相手と直接対決しないのは色んなジャンルでまあ見ないので、これが流行ってるって、もしかして……と、私は様子見に回ってたんです。

そうして、結果としてこれを書いている時点でのネット小説は『主婦業』の空き時間に時間をかけずに、無料でサクっと読めるモノになりました。

ですので、追放モノが流行った辺りから、私は男性向け作品については、ネット小説の流れに乗るかどうかは熟考するようになったんですね。

そういった事情で、冒頭の『復讐を主人公にやらせるかどうか』につながってくるわけです。

結論として、『主人公の半身でありつつ、主人公そのものではない召喚って便利だな（笑）』と、そういったところに着地しました。

と、最後に謝辞を。
イラスト担当の夕薙先生。
今回も美しくありつつ可愛らしいキャラフの数々についてありがとうございます。
マイクロマガジン社様の関係者の皆様。
おかげさまで今回も本を出させていただきました。ありがとうございます。
そうしてご購入していただいた読者の皆様方。
いつも本当にありがとうございます。

ファンレター、作品のご感想をお待ちしています!

【宛先】
〒104-0041
東京都中央区新富 1-3-7　ヨドコウビル
株式会社マイクロマガジン社
GCN文庫編集部

白石新先生 係
夕薙先生 係

【アンケートのお願い】

右の二次元バーコードまたは
URL (https://micromagazine.co.jp/me/) を
ご利用の上、本書に関するアンケートにご協力ください。
■スマートフォンにも対応しています (一部対応していない機種もあります)。
■サイトへのアクセス、登録・メール送信の際の通信費はご負担ください。

GCN文庫

レベル1から始まる召喚無双 ～俺だけ使える裏ダンジョンで、全ての転生者をぶっちぎる～ ③

2023年6月26日　初版発行

著者　白石 新
イラスト　夕薙

発行人　子安喜美子

装丁　AFTERGLOW
DTP／校閲　株式会社鷗来堂

印刷所　株式会社エデュプレス

発行　株式会社マイクロマガジン社
〒104-0041　東京都中央区新富1-3-7　ヨドコウビル
［販売部］TEL 03-3206-1641／FAX 03-3551-1208
［編集部］TEL 03-3551-9563／FAX 03-3551-9565
https://micromagazine.co.jp/

ISBN978-4-86716-435-8 C0193